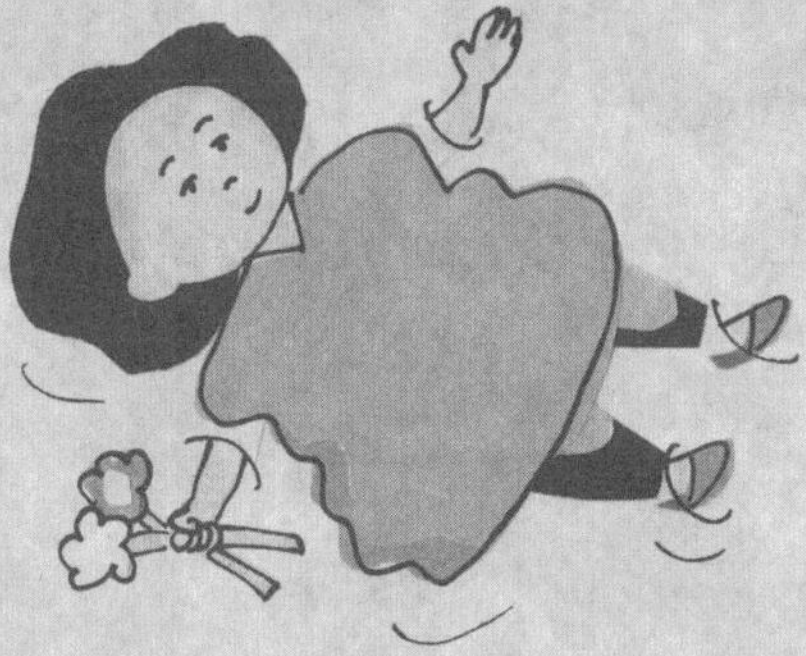

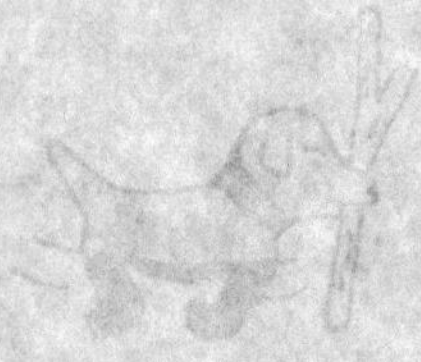

更年期障害だと思ってたら重病だった話

村井理子

中央公論新社

目次

I

II

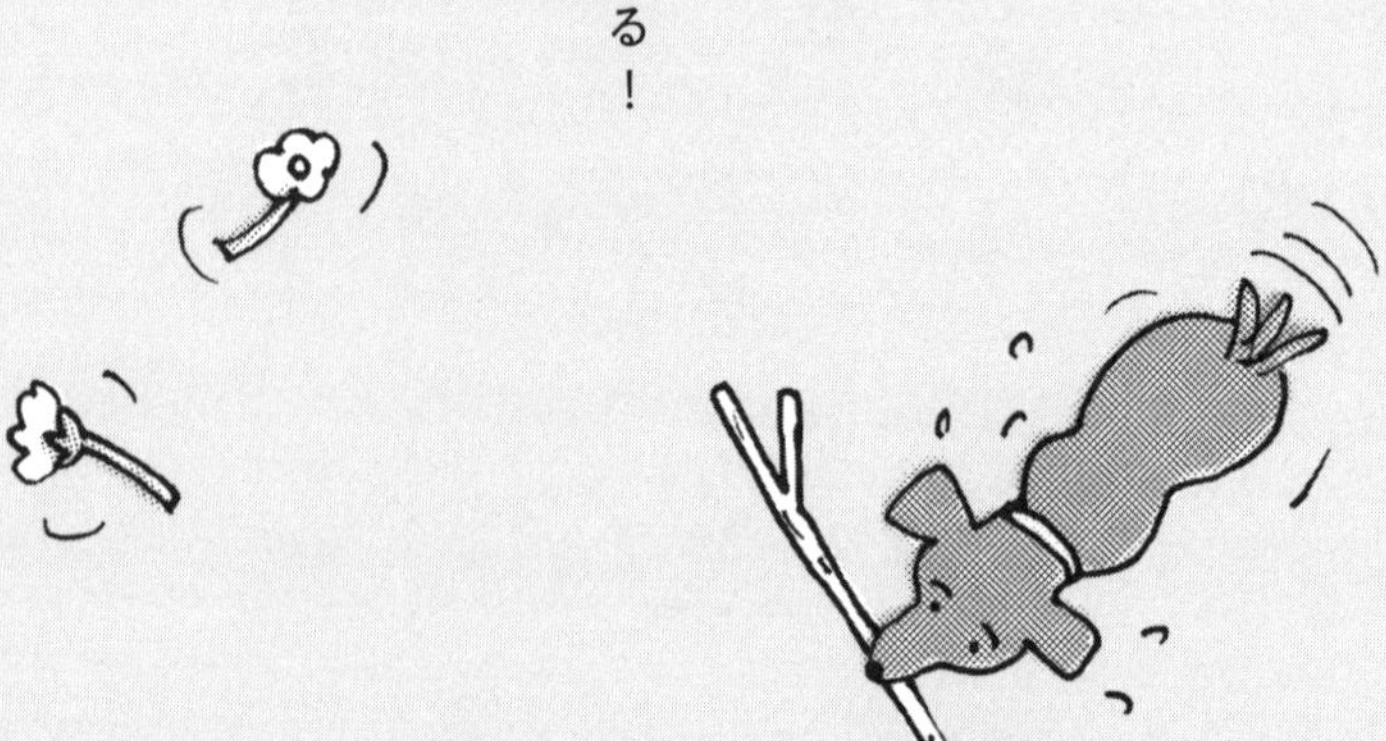

III

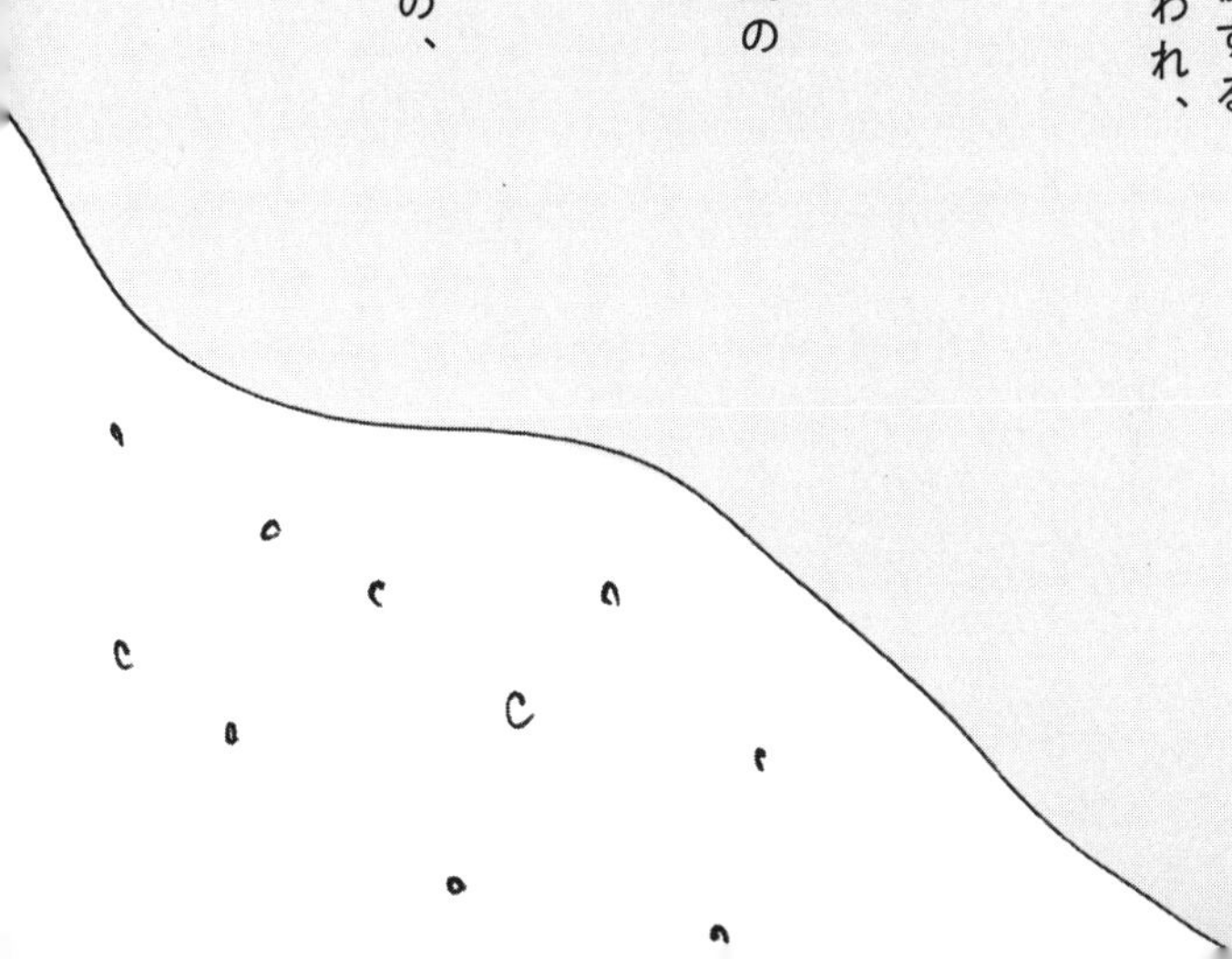

装画・挿絵　風間勇人
装丁　小川恵子（瀬戸内デザイン）

更年期障害だと思ってたら重病だった話

本書はＷＥＢサイト「婦人公論.jp」で二〇二〇年九月から二〇二一年七月まで連載された同タイトルの内容を加筆・修正し、一冊にまとめたものです。

I

四七歳のある日、突然倒れて緊急入院が決定した話

私は琵琶湖のほとりで家族と暮らしながら、細々と翻訳業を営む、どこにでもいる普通の女だ。先日、五一歳になった。家族は五五歳の夫と一五歳の双子の息子、そして四歳のラブラドール・レトリバーのハリーである。家から車で二〇分ほどの距離に夫の両親が住んでいる。二人とも八〇歳を過ぎた後期高齢者で、そろそろ誰かの手を借りなければ日常生活を営むのに支障が出はじめたという状況だ。その誰かの手というのは、私の手の場合が多いのが、昨今の悩みである。

毎朝、夫や子どもたちがそれぞれ向かうべき場所に行ったあと、キッチンのすぐ横にある作り付けのテーブルに向かって、翻訳作業をしている。大きなモニタ二台とプリンタ、出版社から次々と届く書籍が積み上げられた狭いテーブルは、キーボードぐらいしか置くスペースがないほどの状況だ。私のこの小さな職場を見た人の多くが絶

句し、「こんなに狭い場所で作業してるんですか！」と呆《あき》れるのだが、私にとっては快適な作業場である。なにせ、夕飯の支度や洗濯をしながら、いくらでも仕事ができる。わが家の家事は、何もかもが同時進行で行われる。私の頭のなかで、その作業工程はしっかり順序立てられ、連日、決まり切った形で粛々と行われている。

翻訳家と聞くとなにやらすごくかっこいいイメージがあるようなのだが、実際のところ、やっている作業は地味そのものだ。一行ずつ、読んでは日本語に直していく、そんな作業の繰り返しだ。ただそれだけのことなのだけれど、結構難しい。難しいうえに地味。修行みたいだ。そのうえ、長丁場だ。ときどき、辞めたくなる。訳者は裏方の人間なので作業が地味なのは当然とも言えるのだが、世の中の翻訳家に対する華やかなイメージとかけ離れているようで申し訳ない限りだ。翻訳以外ではエッセイも書いているが（この文章だってそんなエッセイの一編です、一応）、こちらの作業は、より一層地味だ。たったひとり、静かに考え、文章に起こしていく。ただ、それだけ。地味。私の人生そのもののように思える。

そんな、単調で地味な私の人生に、大事件が起きたのは三年半前のことだ。突然、倒れてしまった。倒れたと言っても、バタリとどこかで倒れたというのではなく、体調が急激に悪化し駆け込んだ病院で、緊急入院を言い渡されたのだ。前兆がなかったのかとよく聞かれるのだけれど、実は、そこまではっきりとわかるような症状はなかった。主治医は、「これだけ悪かったらさすがに気づくはずなんですが、長年不調が続くとそれに体も心も慣れてしまい、気づきにくくなるということもあります」と、半分呆れ顔で言ってはいた。疲れが出やすい。少し息が切れる。なんだか夜中に何度も起きる。不安で眠れない日が続く……思い当たるのは、これぐらいの症状だった。

発病当時四七歳だった私にとって、多少の体調不良はすべて、更年期障害というひと言で片付けられるものだった。今思えば、もっともっと自分を大切にしていればよかった。何もかも更年期障害だと片付けるなんて、自分に対するとんでもないネグレクトだ。でも、世の中の大半の人が四〇代後半の女性の体調不良に抱くイメージは、更年期障害一択ではないだろうか。なんてひどい。いい加減にしてくれと怒りたくなる……自分に対して。だって、そんな決めつけを甘んじて受け入れていたのは、誰よりも、自分自身だったからだ。三年半前の私は、自分の体調不良の原因が更年期障害だと信じて疑わなかった。自分のことをないがしろにしていた。ある日、体中がむくみ、呼吸が苦しくなるまで……。

愛犬の散歩をしていたときだった。その日は朝から腹部に違和感があって、お腹が張って仕方がなかった。呼吸も浅く、犬と一緒に歩くことがとても辛くて、いつものルートの田んぼのあぜ道で、足が止まってしまったのだ。私が歩みを止めると、犬も止まって、私の顔をじっと見上げた。私も犬の顔を見つめ、そして気づいた。もう、一歩たりとも動けない。その瞬間にはじめて、自分の体に大きな異変が起きていることを確信した。

這《は》うようにして家に戻ったが、腹部の張りは酷くなる一方だった。そのうち、座っていることも難しくなってきた。ソファに横になり、重い両脚を肘掛《ひじか》けにのせた瞬間だった。足首がむくんでいることに気づいたのだ。たまたま在宅していた夫に声をかけた。

「どうしよう、体中がむくんでる」――夫は驚いた表情をしていたが、まさか私がかなりマズい状態になっていることなど想像もしていなかっただろう。私自身は、この時点ですでに腹をくったような心境だった。これは、何かおかしなことが起きている。普通ではない。今すぐにでも、病院に駆けつけなければならない。近所にある大きめの病院にすぐさま電話を入れ、時間外であったが診察してもらえることになった。
青天の霹靂《へきれき》以外の言葉が見つからないのだが、一通り診察を終えた医師は、「これは間違いなく心臓ですね」と私に言った。私にとって、「心臓」に異常があるだなんて、絶対に信じられないことだった。なぜなら、私はすでに、心臓を治していたのだから。

私は、「部分肺静脈還流異常」という先天性の心臓病を持ってこの世に生を受けた。子どものころ、私を診察してくれていた主治医によると、「そんなに重大というわけではない」状態ではあったものの、七歳の時に開胸手術を経験している。そんなに重大ってわけじゃないとは言いつつも、開胸手術をするぐらいなんだから、まあまあ重大だったんじゃないかとは思う。とにかく、手術以降は、あくまで普通に暮らしてきた。運動制限があったのは中学生までで、自分自身も心臓手術のことなんて一切気にすることなく青春時代を過ごし、周りの友人たちと変わらない生活をし、大学を卒業してからも、普通に働いた。結婚もしたし、出産もした。体調が悪くなるまで、健康診断で心臓の異常を指摘されたことなんてなかった……心音に少し雑音が混ざっていますね、というひと言以外は。

そんな私が、両脚がむくんで駆け込んだ病院で、「これは間違いなく心臓ですね」と宣告されたというわけだ。まさか！　という気分だったが、呆然《ぼうぜん》としてしまって、驚くこともできなかった。「どうしたらいいですか」と聞く私に、医師は「明日、朝いちばんで大きめの病院に行ってください。すぐに紹介状を書きますので」と答えた。私は、一旦は家に戻ってもいいですという医師の言葉を半信半疑で聞きながらも、家に戻ってもいいということは、すぐに死ぬというわけでもないなぁと、のんきに構えていた。のんき過ぎる。

翌朝、夫に車で送ってもらい、大きな病院の循環器科で診察を受けた。後に私の主治医となる若い女性医師が、心配そうな表情で「弁膜症の疑いがあります。ここの弁が、エコーで見るとピロピロになっているんですよね」と、心臓の模型の一部をボールペンで指しながら言った。ピロピロ。ピロピロという言葉で少し慰められる思いだったが、心配そうな表情の医師は、すぐに入院してくださいとも言った。複雑な心境のまま、指示に従い体重を量ると、なんと、数日前より数キロも増えている。すべて、胸水と腹水らしい。即入院、車椅子で救急病棟直行と言われた私は、車椅子を押されながら、不思議と安心していた。これで助かった、あの先生が私を救ってくれる。入院は三日ぐらいかなあと、救急処置室の窓から見える、東横インの青いネオンサインを見つめながら、そう考えていた。

結局のところ、このときの入院生活は三週間という予想外の長さになった。怒濤《どとう》の検査を経て下された病名は「僧帽弁閉鎖不全症」。この病院を退院後、手術が可能な大学病院に転院、生涯二度目となる心臓手術を受けることとなった。闘病生活はトータルで三か月に及んだ。

手術が決まった日、階段を上ることも、歩くこともままならなかった私が心に決めた目標がある。それは、「ひとりで入院し、ひとりで歩いて、元気に退院すること」。この目標を達成するまでの私の挑戦の物語に、しばしお付き合いください。

「心不全になったら、心臓は二度と元には戻らない」と宣告された話

突然体調を崩し、病院に運ばれ、心臓に重大な疾患があるようなので緊急入院して頂きますと宣告されたわりには、私はとても落ちついた気持ちでベッドに横たわっていた。今考えてみれば、これはいわゆる、「闘争・逃走反応」だったのではないかと思う。強い恐怖を抱いたり、危機に陥ったときの人間の反応で、たぶん私の脳内ではアドレナリンが大量に放出されていたのではないだろうか。そう思えるほど、私はのほほんとした気分でいたのだ。胸には心臓モニタのパッドがべたべたと貼り付けられ、指先にはパルスオキシメーター（血中の酸素飽和度を測定する装置）、腕には数本の点滴の針が刺さっていた。ベッドの横に真っ青な顔で座っている夫に、へらへらと笑いながら、「心臓だってさ」と軽口《かるくち》を叩《たた》いた。

「さっき、心臓のエコー検査したやん？　あの検査技師の人、『弁膜症って言われたことありますか？』って言ってはったんよ。これたぶん、弁膜症やわ……ハハハ、ありえないよね、今さら弁膜症とか！　子どものときに手術したってのに！」

笑っている私に対して夫は無言だった。

「ねえ、子どもたち、どうしよう。登校はいいけど、困るのは下校だよね。誰かが家にいないと、どうなるんだろ。お隣さんに頼めるかな……いや、たしか彼女、フルタイムで仕事してたな……」

私は当時小学五年生だった息子たちのことをひっきりなしに心配していた。それから、飼いはじめたばかりの一歳のラブラドール・レトリバーのハリーのことが気がかりでならなかった。ハリーは、体は大きいものの、まだまだ子犬だった。一匹で留守番など絶対に無理な状態で、子どもが学校に、そして夫が会社に行ったあとの時間を、どうやって過ごすのかが大きな問題だった。当時、ハリーを五分でも留守番させると、家のなかは空き巣にでも荒らされたかのような状態になった。それだけではなく、飼い主がいなくなることでパニックになるハリーが、外に向かって延々と大声で遠吠《とおぼ》えをするので、ご近所中の迷惑になったこともあったのだ。夫の両親に頼むことはできるけれど……いやいやいや、無理だ。ハリーはまだ一歳だけれど、その力たるや大柄な夫でも振り回されるほどだった。まだ精神的に幼く、その破壊力をコントロールできないハリーを老夫婦に任せるなんて、あまりにも危険だった。

しかし、犬よりも心配すべきなのは、当然、子どもたちのことだった。まだ小学生のうえに、男児だ。男児と女児を比べてどちらがどうと言うつもりはないが、わが家の男児は二人とも、同い年の子どもたちに比べれば若干幼く、甘えん坊で、そのうえやんちゃだった。それに、夫が会社に行ってしまえば、下校時間に家に戻り、彼らを出迎えることは難しい。鍵を渡すこともできるだろうが、子どもたちは玄関を開けて、それから？　食事は？　翌日の学校のしたくは？　まずいなあ……と、思わず口に出して言ってしまった。でも、冷静に考えると、一番まずいのは自分なのだった。

というのも、心臓の動きをリアルタイムでモニタリングされている私のもとに、頻繁に救急病棟の看護師さんが走ってやってきては、「大丈夫ですか!?」と緊迫した声をかけるのだ。のんきな声で大丈夫だと答えると、「……そうですか、よかった」と、啞然としてナースステーションに戻るということがひっきりなしに続いていた。つまり、そのときの私の心拍数は危険なほど多く、きっと私以外の誰もがそれをとても心配し、様子を確認しに来てくれていたのだ。主治医となったO先生も同じことだった。彼女は夜遅くになっても、パタパタと静かな靴音をさせながら私が横たわるベッドまで来ると、「村井さん、大丈夫ですか？」と何度も声をかけた。その都度、大丈夫ですと答えていた私にとうとう彼女は、「心拍が速いんです。もしかしてその状態に慣れてしまっているのかもしれないですね。しばらく安静にしていてくださいね」と言ったのだ。私はその、「慣れてしまっているのかもしれない」という言葉と、O先生の気の毒そうな表情にショックを受けた。もしかして、私はこんな状態のまま、ずっと暮らしていたのではないだろうか……？　強い不安が、初めて、一瞬だけ胸をよぎった。

心不全のせいで腹水と胸水がたっぷり溜《た》まってしまった体から水分を抜くため、利尿剤の入った点滴が打たれていた。そのせいで、トイレにひっきりなしに通い詰め、大変な思いをしていたものの、体はずいぶん楽になってきていた。なにより、たった一晩で体重は五キロも減った。その量の水分が抜けるだけで、呼吸もスムーズになった。どんどん身軽になってきた私は、もしかしたら自分はそこまで重症ではないのでは？　という大きな勘違いまでしはじめた。夜中にコソコソと携帯電話で弁膜症について調べた私は、投薬でなんとかしのげるだろう、あと数日入院すれば、とりあえず家には戻れるだろうという、甘すぎる予測まで立てていたのだ。勘違いとは恐ろしい。

救急病棟で三日ほど過ごしたあと、私は一般病棟に移された。最初に案内されたのは大部屋だった。同じ部屋にいたのは全員が高齢の女性で、症状は軽くないように見えた。特に私の横のベッドにいた女性は、具合が悪そうなのに詮索《せんさく》好きで、遠慮がなかった。まるでベテラン受刑者が収監されてきたばかりの新入りにサバイバルの方法を教え込み、自分の派閥に引き入れるかのように、彼女は私のベッドスペースを覆うカーテンの隙間《すきま》から痩《や》せ細った手首を遠慮なしに差し入れ、ぶしつけな視線をねじ込むようにして送ってきては、「年は？」「どこ？（どの臓器が悪いの？）」「誰？（主治医は誰？）」と矢継ぎ早に聞いてきた。

「心不全になったら、心臓は二度と元には戻らない」と宣告された話

私は一気に不安になった。明るく清潔な救急病棟にいたときはあれだけ余裕で横になっていられたというのに、移動してきた大部屋のベッドは、カーテンに覆われ薄暗く、古ぼけていた。そのうえ、ベッド横に置かれたテレビ台との間は、三〇センチもないような狭さで、真横のベテランの息づかいが聞こえるほどだった。この環境にどれだけ滞在すればいいのか？　まさかこのまま何週間もここに閉じ込められるのか？　ふと気づくと、横のベテランがカーテンの隙間から落ちくぼんだ小さな目で私を見ている。涙が出てきた。自分の病状に対してではなく、このどうしようもない環境に。

これは無理かもしれない……と落ち込んでいると、てきぱきとしたショートカットの看護師さんが挨拶《あいさつ》がてらやってきた。体調はいかがですか？　と暗い表情の私に話しかけつつ、一冊のパンフレットを手渡してくれた。そこには「心不全手帳」と書かれていた。

心不全。

なんという重い言葉だろう。不思議なもので、弁膜症より、心不全という言葉のほうが、病人の心には鋭く突き刺さる。私のそんな気持ちを知ってか知らずか、看護師さんは私に向かってこう言った。

「心不全になってダメージを受けた心臓っていうのは、元の状態には二度と戻ることがないんですよ。だから、残った機能を大事に保って生きていかなくちゃならないんです。これ、読んでおいてくださいね！　気をつけることが書いてありますから〜」

頭の上に、メガトン級の不安が落ちてきた。これ以上ないほどのショックだった。大声で泣きたくなった。これから私がいくらがんばっても、もう取り戻すことはできないのだ。私が失ってしまった心機能は、もう二度と戻ってこないと、確かに看護師さんはそう言った。私がのほほんと生きてきたから、無自覚に暮らしてきたから、私の心臓はとことん痛めつけられ、音を上げるまで酷使され、そして今、二度と復活できないほどに機能を失ってしまったのか。あまりの悲しさに何もできずにパンフレットを握りしめベッドに座っていると、横のベテランがカーテンの隙間から、ふたたび声をかけてきた。看護師さんの話を盗み聞きしたのだろう。

「一度やるとやっかいやで、心不全ってのは」

その言葉に曖昧《あいまい》に答えた私は、心不全手帳をベッド脇のテレビ台の引き出しに押し込んで、ナースステーションに急いで向かった。いてもたってもいられなかった。逃げ出さなければならない。負けてはいられない。誰がなんと言おうと、それだけは絶対に、決して譲らないという強い気持ちで、受付に座っていた女性に声をかけた。

「すいません、個室に移りたいんです」

「個室だと、別途お部屋代がかかりますけれど……」

「かまいません。なるべく早く移りたいんです。電源をいくつか確保したいんですが、大丈夫ですか？　パソコンを持ち込みたいんです。インターネットに接続することはできますよね？」

女性は驚いた表情をしていたが、わかりましたと言い、「手配しますね」と言ってくれた。

メラメラと闘志が湧いてくるのを感じながら、私はベテランが今か今かと私の帰りを待つ、暗い病室に戻った。

七歳、子ども病棟で、私とふみちゃんの関係性が逆転した話

大股で歩いて暗い病室に戻った私は、早速、荷物をまとめはじめた。横のベテラン患者のベッドには、娘さんがお見舞いにやってきていた。私とそう年齢が変わらない人だろう。それは、うしろ姿から、声の感じから、推測できた。なんとなく嫌な気持ちになった。同じぐらいの年齢の女性だというのに、かたや私は重病人、彼女はとても健康そうだ。私が戻ると、二人でなにやら小さな声で話をしはじめた。「……しんぞう……」というささやきが漏れ聞こえてきた。涙がじわじわとわいてくるのがわかった。

多くの荷物は持ち込んでいなかったが、簡単な洗面道具や数冊の本、携帯電話といった細々としたものは持っていた。すべて、急いでトートバッグに詰め込んだ。個室の準備がいつになるかはわからなかったが、いつでも移動できるように、準備万端整

えていないと落ちつくことができなかった。荷物を入れたバッグを胸元に握りしめ、薄暗い自分のスペースの真ん中の、古ぼけたベッドに体を硬くしたまま横たわった。私は、初めての場所が極端に苦手で、夜は一睡もすることができないだろうと確信していた。

目の前にあるテレビが置かれた棚は、経年劣化でプラスチック部品の色が変わっていた。隅にはうっすらとほこりがたまっている。思わず目をそらした。暗くて狭いスペースを仕切る緑色のカーテンは、手垢《てあか》で薄汚れている。天井には、よく見るタイプの白い石膏《せっこう》ボードがびっしり貼られていた。その石膏ボードに刻まれている、規則的なようで不規則な黒い模様をじっと見つめながら、私は、「ふみちゃん」のことを思い出していた。

ふみちゃんは、私が七歳のときに出会った女の子だ。ふみちゃんも私と同じで、小学校の夏休みを利用して、心臓手術のために静岡にある大きな病院の子ども病棟に入院していた。私の母とふみちゃんの母は、すぐに意気投合した。住んでいる場所も近いし、子どもの年齢も同じだし、なんと母とふみちゃんのお母さんまで、偶然にも同い年だったのだ。廊下でぺちゃくちゃしゃべる母とふみちゃんのお母さんの様子を見ながら、私もふみちゃんと意気投合しようとした……のだが……。

ふみちゃんはめちゃくちゃ暗い女の子だった。暗い上に、ものすごく泣き虫だった。七歳の子どもが入院しているんだから、暗くもなろうと今は理解できるのだが、幼かった当時の私には、ふみちゃんのそのどんよりとした暗さが重荷に感じられた。そして私が一番辛かったのは、ふみちゃんの泣き声だった。

ふみちゃんは、看護師が病室に現れようものなら、耳をつんざくような声で泣きわめいた。注射を何よりも恐れていたふみちゃんは、まだ、針も刺さっていないというのに、小さな体を渾身《こんしん》の力で強《こわ》ばらせては、医師や看護師の手をはねのけ、抑えつけようとするお母さんに噛《か》みつき、暴れに暴れた。その暴れぶりたるや、同室の他の子どもたちまで怯《おび》えて泣き出すほどだった。

一方の私は、病棟内では有名な我慢強い子だった。理子ちゃんは我慢強い、理子ちゃんは絶対に泣かないと大人の誰もが言い、そして私を褒め称えた。だから私も、私は強い子だ、泣かない子だ、我慢できる子だ、注射なんてへっちゃらだと思っていたし、そんな自分が誇らしかった。でも、ふみちゃんはダメだ。弱虫すぎる。ぎゃあぎゃあ泣きわめいて、周りに迷惑をかけ、他の子どもまで泣かすんだから、本当にダメだよね……私はふみちゃんを疎《うと》ましく思うようになり、看護師が私の腕に針を刺すたびに、ふみちゃんの方をちらっと見ては、どう？　私って強いでしょという表情をした。とても痛いというのに、まったく痛くないわ、こんなもの楽勝よといった顔をしてみせた。とてもわざとらしく、誇らしげに。そして、ふみちゃんが泣きわめく姿を見ては、心のなかで笑っていた。

それでも、ふみちゃんは私にとっては、大切な友達だった。泣かないときのふみちゃんは、ただ暗いだけのふみちゃんで、その暗いふみちゃんだったら、私はなんとか付き合うことができた。私とふみちゃんは、同じように注射をされ、同じように検査を受け、それぞれが手術を受け、そして集中治療室に入った。ここから、私とふみちゃんの関係性が逆転した。

ふみちゃんの回復は目覚ましいものだった。あっという間に集中治療室から出ると、子ども病棟に戻っていった。しかし、私はなかなか集中治療室から出ることができな

七歳、子ども病棟で、私とふみちゃんの関係性が逆転した話

かった。少し離れた場所のベッドに寝ていたおじいちゃんも、その横に寝ていたおばあちゃんも、いつの間にかいなくなったというのに、私はいつまでも出ることができない。集中治療室のガラス窓の向こうから、母と兄が手を振るばかりで、誰にも会えないし、座ることさえ無理だ。ようやく子ども病棟に戻ると決まったときには、歩行すらできなくなっていた。子どもながらに、とてもショックだった。はじめて車椅子に乗った。看護師に車椅子を押されて子ども病棟に戻ると、入り口のあたりでふみちゃんが、私が戻るのを待っていた。

ふみちゃんは、私の車椅子の周りをスキップして見せた。明るい表情で、キャッキャと笑いながら、ふみちゃんは、それまで見たことがないほど楽しそうにしていた。どう？　私は歩くことができるし、スキップだってできるんだよ……ふみちゃんの表情はそう物語っていた。私はがっくりとうなだれて、その日はふみちゃんと話をすることができなかった。

私はそれから一週間ほどリハビリをして、ようやく歩くことができるようになったけれど、すでにふみちゃんは退院し、残っていたのは、なんでもかんでも噛むくせがあったふみちゃんの歯形だけだった。私のハローキティのトランプに、くっきりと残

ったふみちゃんの歯形。ババ抜きをすると、ふみちゃんは決まってジョーカーを噛んだ。

私は、ふみちゃんに負けたのだと思った。そしてその日を境に、何をされても大声で泣きわめくようになり、医師も看護師も両親も、あの強かった理子ちゃんに何が起きたのだと、大いに驚いた。

四七歳の私は、七歳のときに感じた悔しさと、悲しさを甦《よみがえ》らせ、そして暗い病室のベッドに寝ていた。泣き虫で弱虫だったふみちゃんは、実はとても強い子で、私よりもずっと先に歩き出し、そして退院していった。たしか一五年ほど前に母が「あの時のふみちゃん、すごく元気らしい。結婚して子どもが三人だって」と教えてくれた。きっとふみちゃんは、今でも元気だろう。肝っ玉母さんだろうな。私みたいに、まさかの弁膜症で、こんな薄暗い病室に一人で横たわっているなんてことは、絶対にないはずだ。

私は完全に自信を失っていた。なにせ私は、順調だった仕事も諦《あきら》めざるを得ないし、小学校五年生の双子の息子たちを残して入院してしまった。生きて戻ることができるかどうかもわからない。飼ったばかりの大型犬が家から逃げ出して、私を探して近所を徘徊《はいかい》していたというメールが届いたのも、大きなダメージだった。とことん落ち込み、万が一、死んだときはどうしようと考えをまとめはじめるほど、どん底の気分だった。しばらくすると、主治医がパタパタと小さな靴音を立てて、私のところにやってきた。

彼女はとても若く、穏やかな人だ。にこやかに笑っていた。柔らかな声で、「村井さん、大丈夫ですか？」と、聞いた。その優しさに、もうダメだと思った。私はふみちゃんのように大声で泣いてもいいのだ。私よりもふみちゃんの方が、ずっと強かったじゃないか。

ボロボロと泣きながら、「大丈夫じゃないです」と答えた。すると主治医は少しだけ笑って、「それはそうですよね。突然のことですから。眠れそうですか？」と聞いた。「眠れないと思います」と答えると彼女は、「それじゃあ、お薬を出しますね。それを飲んでゆっくり眠ってください。少し落ちついたら検査がはじまりますからね。忙しくなりますよ」と言い、去って行った。

すかさず、横のベテランが声をかけてきた。私が泣いたので、慰めようと思ってくれたのだろう。

「大変やなあ〜。心臓やもんなあ〜。私は大腸や。ほんま、辛いで」と言う彼女に私は、「そうですか。それはお辛いですね。お大事にしてください」と答え、布団をかぶって目をつぶった。個室を頼み、メラメラと燃やしていた闘志は、完全に鎮火していた。

テリトリー侵害を繰り返す、隣のベテラン患者と決別した話

　横のベテランからの度重なるテリトリー侵害は続いていた。彼女は食事の時間になると、あれやこれやと大きな声で文句を言った。煮物の味が薄ぼんやりしとって、食べられたもんじゃないわあ。フルーツの切り方が大きすぎるんとちゃう？　こんな食べもん、病気の年寄りには無理やと思わへん？　まったくどないなっとんねん、この病院は！　と、大きな声で騒ぎまくる。その大声の合間に「ちょっと！　おとなりさん！」と私を呼んでは、「あんたにこのゼリーあげるし、そこに落ちたティッシュ取って」と、まるで自分の娘に頼むように言っては、私をマジックハンド（体を思うように動かすことができない患者が、遠いところにある何かを摑《つか》むときの道具。ちなみに病院の売店で売っている）のように利用するのだった。

　そのうち隣のベテランの扱いに慣れてきた私は、本を開き、集中して書を読んでい

ますというオーラを放ちながら、彼女の声かけを二回に一回は無視するようになっていた。私のその毅然《きぜん》とした態度を感じ取った彼女は、御しがたいと思ったのか、それとも退屈したのか、今度は自分の前のベッドの女性に向かって、私に聞こえるように「横の人は気難しいてかなわんな。学校の先生やろか、ああ怖い、怖い」と言っていた。ちなみに、前のベッドの女性は重い病のようで、私が入室してから一度も目を覚ましていないようだった。

ベテランの成敗に成功した私が次に戦っていたのは、自分自身の苦手だった。私は、場所が変わると眠ることができないうえに、極度に緊張し、視界に入るものすべてに違和感を覚えて逃げ出したくなるというやっかいなくせがある。大部屋に入室した直後から、ぞわぞわと背中に寒気が走るほど私を悩ましていたのは、ベッドのシーツが、真下の深緑色のビニール製マットレスの表面を滑る感覚だった。私にとっては、いてもたってもいられないほど不快な感覚だ。もちろんシーツは清潔だけれど、紙のように薄く、下のマットレスの表面と擦れて、さらさらと音を出し、微妙に滑る。このシーツが滑る感覚とわずかな音が、私を精神的にじわじわと追いつめた。まくらだって清潔なのはわかっていた。でも、薄くて、頼りなくて、サイズ感が微妙なうえに、あきらかに使い古されている。隣のベテランとの間に引かれたカーテンの下の床には、毛髪が何本も落ちているのが見える。やめようと思うのに見てしまうのだ。

ああ、神様。助けてください。私は出された夕食にも手をつけず、広げた本の上の同じ文字列を繰り返し、繰り返し読みながら、ただひたすら祈った。二一時少し前に処方された睡眠薬をあっという間に飲むと、これまた清潔だけど薄くて頼りない掛け布団を頭からかぶり、二度ほどぶるっと身震いしつつ、神様、助けてくださいと何度も唱え、いつの間にか眠りについた。

さて、夜中である。大きな声が聞こえたような気がした。看護師さんが懐中電灯を片手にパタパタと足音を立てつつ大部屋にはいってきて、隣のカーテンを開けたような音もした。「助けて！　助けて！」と、誰かが言っていたような気もする。しかし、私は睡眠薬でもうろうとしており、ぼんやりとした意識しかなく、すぐに深い眠りに戻ってしまった。

翌朝六時半頃、横のベテランがカーテンの隙間から私のほうを覗《のぞ》き見ながら、「ゆ

うべはごめんね」と照れ笑いをしながら言った。私は正直に「私、ぐっすり寝てたんで、何もわからなかったです」と答えた。すると彼女は、「それやったらええねんけど、あたしは病気やから仕方ないことなんやで、あれは」と言い訳するように付け加えた。あれが何を意味するのかわからなかったが、気に病んでいる様子の彼女が少し気の毒になって、「とにかく、気にしないでください。なにも聞こえなかったので」と、これ以上無理なほどドライに、きっぱりと返して、視線をすぐに本に戻した。彼女はぶつぶつとなにやら言いつつ、ゆっくり、ゆっくりと、私のベッドのパイプを右手で握りながら廊下に移動していた。もうほとんど廊下だというところで一旦止まり、何度も何度も、「はぁ〜」とため息をついた。痩せた右手は、最後までパイプを握りしめたままだった。

　彼女（と痩せた右手）が消えて一〇分ぐらいした時だろうか、ナースステーションから早足でやってきた看護師さんが、「村井さん、個室のご用意できましたので、移動していただけますよ！」と声をかけてくれた。私は一気にテンションを上げた。体調も回復傾向だし、個室も獲得したし、もうこれで大丈夫だ。さようなら、ベテランよ。もう二度と同じ部屋になることはないだろうし、会うこともないだろう。アディオス、たった一夜の隣人さん、どうぞあなたもお元気で。私は急いで荷物を片付けると、今か今かと八時を待ち、八時になった瞬間に、スキップせんばかりの勢いでナースステーションに行き、鼻歌交じりに個室へと移動した。落ちくぼんだ小さな目でじっと見つめてくるベテランには声をかけることもしなかった。それがあとあと、厄介なことになるとも想像できずに……。

個室に入った瞬間、私は、比喩《ひゆ》ではなくて本当に両手を広げて喜びを表現した。それがどのような様子だったかというと、映画『サウンド・オブ・ミュージック』の冒頭シーンで、修道女見習いのマリアが、澄んだ空気を胸いっぱいに吸い込みながら草原を歩き、オーストリアの大自然をその胸に抱くように両手を広げながら歌う、♪The hills are alive with the sound of music! ♪ という有名なシーンそのものだった。その個室は、マリアがその胸に抱いた雄大な山脈とはほど遠いものだったが、その時の私にとっては、何ものにも代えがたい、大切な空間だった。窓には落ちついた街並みがうつり、病棟の近くに建つ寺の屋根瓦がきらきらと光って、美しかった。窓に近づき遠くを眺めると、青い琵琶湖が見えた。窓際に設置された二人掛けのソファに座り、広めのテーブルに荷物を置き、改めて個室を見回してみた。壁紙は落ちついたシックな青。床はきれいなアイボリー色のリノリウムで、私がなにより恐れている、誰がつけたのかわからない、正体不明なシミのような汚れはひとつもついていなかった。ベッド横のテレビ台は、大部屋のものよりもずっと大きくて、色合いも明るく、なにより新しかった。備え付けのテレビも大型の液晶で、角度は自由に変えることができた。新しいリモコンには汚れもない。完璧である。私は救われた。神様ありがとう。

私はさっそく清潔なベッドに座ると、目を閉じて、ものすごいスピードで考えはじめた。私はこの部屋でしばらく過ごすことになる。私に必要なものは何か？　七歳のときの入院生活を思い出していた。七歳だった私は、自分の周りを大好きなもので囲むことで、割り当てられたベッドを、自分の部屋だと信じ込んだ。それが七歳だった私のサバイバル方法だった。そのサバイバルを支えていたのは、サンリオグッズの数々（キティ、キキララ、パティ&ジミー）と、母が運んでくる児童書だった。今の私を支えるのは、まずはWi-Fi（一番大事）、ノートパソコン、本、携帯電話である。私はすぐさますべてをメモに書き出した。そしてナースステーションに向かい、パソコンの使用許可を得た。看護師さんたちは少し面食らった様子だったが、「観たいドラマがあるんです」と言うと、ああ、なるほどと笑って「検査がいろいろあるから、ゆっくり観ることができますね」と許可してくれた。部屋に戻ったら、すべてを手配しなくてはいけない。休んでいる暇はないぞ……自分のリズムを取り戻しつつあるのがわかった。戦闘モードのスイッチはしっかりと入った。私は早足で個室に戻っていった。

　途中、ナースステーション近くのラウンジに入院患者の女性たちが集まって、なにやら必死に話をしているのが見えた。あぁ、よくある感じ。こういう場所でもコミュニティーができちゃう感じ。……でも、私はそれどころじゃないのだ。ノートパソコンを手配したら、私にはやることが山ほどある。まずは病気について徹底的に調べること。それから、今のこの状況を少しでも書き留めることだ。そんなことを考えつつ、早足で歩く私に看護師さんが、「あとで先生がお話しに来るってことだったので、よろしくお願いしますね」と明るく言った。

悲劇の病人モードの私が、利尿剤によって救われた話

無事個室に移動することができた私は、早速、夫に連絡を入れた。iPad と Bluetooth キーボード、iPhone は緊急入院時に持ち込んでいたが、ノートパソコンは家に置いたままだった。さすがの私も、そこまで準備をすることができなかった。ほとんどのことは iPad で事足りると考えていたし、まさかしばらく退院できないような状況に陥るとは、予想もしていなかったからだ。しかし、大部屋を出て個室に移動した途端に気が変わった。ここであれば落ちついて考えをまとめることができる。誰にも迷惑をかけずに、必要な作業をこなすことができる。そしてなにより、医師が説明してくれた「弁膜症」という病気が、一体どのような疾患であるのかを調べ、そしてこの先の計画を立てることができる（私は勝てるのか、それとも……）。やはりパソコンがないと話にならないと、鼻息荒く考えていた。

いきなり元気になって戦闘モードに入ってしまった私は、すでに仕事モードまで発動させていた。入院前から気にかかっていた、翻訳作業中の書籍が一冊あったのだ（私は一応翻訳家です）。半分以上は訳すことができていたが、締め切りはとうに過ぎていた。夫に、できるだけ早くパソコンを持ってきてくれるようメールで頼んだ。「本当に申し訳ないけど、今日中に持ってきてください」と、何度も書いた。とりあえず入院はできた。突然死ぬことはたぶんないだろう。だからこそ、現在進行中の仕事をどうにかしなくてはいけないと焦って、キーボードを打つ速度がどんどん速くなった。

編集者たちの困った顔が次々と浮かんでは消えた。原稿を書かなくては、そして一刻も早く、作業途中の一冊を終わらせなければ、彼らに迷惑をかけてしまう。個室のなかを見回し、LANケーブルの差し込み口が壁にあるのを発見したが、使いものになりそうになかった。大急ぎでWi-Fiルーターのレンタルを申し込んだ。自分でもびっくりするほどの早業ですべての準備を整えた。そしてようやく、一息つくことができたのだった。体調は万全とは言えなかったが、緊急入院直後に比べたら、格段に調子はよくなっているような気がしていた。個室の大きなガラス窓からは、雪がちらつく様子が見えていた。すっかり季節は冬だ。私以外の世界のすべてはいつも通り動いている。でも、私は？　その疑問への答えは、すぐには出そうにもなく、不安な気持ちを抱えたまま、目を閉じるしかなかった。お願い。どうかどうか、すべてうまくいってくれ（このように祈るような気持ちでいた私だったが、結局、仕事を継続させることは不可能で、多くの関係者に無理を強いることになってしまった）。

しばらくうとうとしていたようだった。控え目なノックの音が聞こえ、男性の「失礼します」という穏やかな声が聞こえた。目を開けると、ベッドの横に若い男性が立っていた。眼鏡をかけた優しそうな人だ。救急病棟で何度か会話を交わした、二人の担当医のうちのひとりで、S先生だとすぐにわかった。

「胸部レントゲンを見たんですが、胸水が抜け切れていないようですね。今日から利尿剤を強めのものにします。この利尿剤、とてもよく効くんですよ。がんばってくださいね。個室だからトイレがついていますし、まあ、大丈夫だとは思います。その利尿剤をしばらく試して頂いて、そして再度レントゲンを撮影します。とにかく、ゆっくりと休んでいてください。まだまだ脈が速いですから、気をつけつつ、ゆっくりと過ごしてください」と彼は言った。そしてちらっと私のiPadを見て、「できる限り、ゆっくりしてくださいね」と念を押し、病室から出て行った。

そこで私は改めて気づいたのだが、この時点で、私はまだ点滴とモニタに繋《つな》がれた状態だった。大部屋から脱出することに、仕事を予定通りなんとかこなすことに必死になるあまり、自分がその時まだ、点滴ポールを引きずったままの重病人だということを忘れかけていたのである。

「私だったらこんな患者、絶対に嫌だな」と感じて、急に恥ずかしくなった。点滴ポールを引きずりながら、部屋を移動してもいいですか、パソコンを使ってもいいですかと、早足で歩き回りながら次々と言う患者がいたら、私が医療従事者だったら呆れかえる。「あなた、そういう場合じゃないから」と思うだろう（絶対に思う）。

私ったら、なんて恥ずかしいことをしてしまったのだろう。いいかげん、冷静になりなよ。あまりの恥ずかしさに、思わず声に出して言ってしまった。そしてベッドから少し離れた場所に設置された洗面台に行き、鏡に顔を映して、もう一度、冷静になるべきだと考えた。

鏡に映る自分の顔は、相変わらず真っ青で、そして酷くむくんでいた。まるで他人の顔だ。伸びきった髪も、いつの間にか水分を失いバサバサで、白髪《しらが》も増え、ずいぶん量が少なくなったような気もする。肌はくすみ、目の下のクマは濃かった。いかにも重病人というか、はっきり言って、羅生門の老婆だ。絶句した。倒れてはじめて、心の底から私は思った。今まで全力疾走しすぎていたのではないか。それも効率のとても悪い感じで。

がっくりと肩を落としてベッドに戻った。S先生から手渡された利尿剤を飲み、点滴のチューブが絡まないように気をつけながら、静かにそこに横たわり、窓から見える景色をじっと眺めていた。私は本当に馬鹿な人間だ。自分をないがしろにして、なりふり構わず行動することがかっこいいとでも思っていたのだろうか。恥ずかしい。なんて恥ずかしい人間なのだろう。

灰色の空に舞う雪の、わずかな音が聞こえてきそうなほど、部屋は静まりかえっていた。細やかな雪が空中で一瞬だけ止まり、そして淡い残像を描きながら、落下していくように見えた。精神的に、限界が近づいているのがわかった。もしかしたら私は、死んでしまうのだろうか。ふと考え、両手が小刻みに震えだし、息を呑《の》んだ瞬間、突然、それはやってきた。何がやってきたかというと、利尿剤が効き始めたのだ。

確かに、すごく効くとS先生は言っていたけれど、それにしたってものすごく効くね。まいっちゃうよ。ガバッとベッドから起き上がり、急いでトイレに行った。わずか数ミリの大きさの青い錠剤だったはずだ。こんなチビなど恐るるに足らずと舐《な》めてかかっていた私を嘲笑《あざわら》うかのように、この小さな青い薬は、抜群の効果を発揮しはじめた。悲劇の病人モードになっていた私も、カミソリのように鮮やかな切れ味で私をトイレに導くこの錠剤のおかげで、悲しんでいる暇もなくなったのである。そして、トイレに通えば通うほど、体は軽くなり、呼吸は楽になるように思えた。

人間の体というものは、本当に不思議だ。酒をしこたま飲んだ次の日は体がむくむなんてことを、私もかつては口にしたものだが、心臓を病んでいるときの体のむくみというものは、二日酔いの比ではない。かなり苦しい。どれほど苦しいかというと、焼き肉をたっぷり食べたあとに、三枚重ねのパンケーキを詰め込むほどに苦しい。辛くて、苦しくて、息も絶え絶えになる。しかし、この抜群の効き目の利尿剤を飲んだ瞬間から、どんどん体は軽くなり、腹は凹《へこ》み、呼吸がスムーズになり、心まで晴れやかになるのである。なぜ私だけがこんな目にと散々な気持ちでいたというのに、トイレに通えば通うほど、心に羽根が生えたように明るい気持ちになった。

その日の夜までには、「あなたのおかげで私は強くなれた」と、大部屋で悩まされたベテランに対して感謝の気持ちまで抱くほど、呼吸は楽になっていた。

犯人はお前だったのか。朝、鏡に映る自分の顔が変わっていた話

小さな青い利尿剤を飲みはじめて二日目の朝（もちろん、夜中もトイレに通いっぱなしだ）。歯を磨いていてふと気づき、息を呑んだ。鏡に映る自分の顔が変わっているのだ。いや、変わっているというよりは、本来の自分の顔に戻りつつあったのだ。これは一体、どういう現象なのか。確かに、鏡に映るこの顔が、私の本来の顔だった。ずいぶん長い間、この顔を見ていなかった気がする。ファンデーションの色が合わないのも、肌がくすむのも、まぶたが厚くなったのも、すべて年齢のせいだと思っていた。しかしこの日の朝に、すべてがはっきりした。心臓よ、犯人はお前だったのか。

鏡をじっと見つめながら、心の底から驚いていた。顔が戻っている。元の形になっている。目も、鼻も、口も、間違いなく自分のものだ。思わず手で頬のあたりを触れ

てみて、再び驚愕《きょうがく》した。ゆゆゆ、指が！　細くなっている！　元に戻っている！　大慌てで両手を見た。裏表、まじまじと眺めてみた。確かに私の手だ。ここのところしばらく見ていなかった。指輪がきつくなったのも、爪の形が変わったのも、ペンを握りにくくなったのも、すべて年のせいだし、更年期だし、太ったせいだと思っていた。しかし、心臓よ、お前だったのだな！

私は歯ブラシを投げ出すように洗面台に置き、大急ぎでうがいをしてタオルで乱暴に顔を拭《ふ》くと、スタスタと急いで待合室まで向かった。そこにはソファと体重計が設置されているのだ。待合室のソファには、テリトリー侵害をするベテランと、その仲間の患者さん数人がすでに座っていて、ものすごい勢いで歩いてくる私を驚きの眼差しで見つめていた。私は彼女らに挨拶をすることも忘れ、急いでスリッパを脱いで体重計に乗った。前日に比べて、なんと二キロも減っていた。あの小さな青い錠剤が、私の体内に溜まっていた余分な水分を排出し、そして元の姿に徐々に戻しているというわけだ。なんという効き目、人体の不思議。私は大いに感激して、自分の両手をまじまじと見つめながら、体重計に表示された数字を何度も確認した。

そんな私にベテランが声をかけてきた。

「部屋、移ったの？」

「ああハイ……」私の視線は自分の両手に釘付《くぎづ》けのままである。

「なんか悪かったねえ、大騒ぎしたから」

「ああ、いやいや……ぜーんぜん、オッケーって感じです……」私の視線は両手と体重計の数値の間を行ったりきたりだ。

「あたしが移ればよかったんやろか」ベテランは暗い声で言った。私はそこでようやく彼女の言葉の意味に気づき、しっかりと彼女に答えた。

「いや、気にしないでください。すべて私の事情ですんで。それじゃ」

私はこれ以上無理なほどあっさりと答えると、両手を飛行機の翼のように広げつつ、早足で自分の病室に戻った。この素晴らしいニュースを、編集者たちに伝えねばならないのだ！


個室に戻ってベッドに飛び乗ると、早速、メールを書きはじめた。

「ちょっと聞いてくださいよ。私のデブはすべてむくみだったんですよ！　利尿剤を飲んだら元の姿に戻りましたよ！」とタイプして送った。フフフ、編集者たちも喜んでくれるだろう。これでバッチリだ。なにがバッチリなのかは不明だが、それでも私は楽しくてたまらなかった。そのうえ、呼吸も楽になっている。膨れ上がっていたお腹も凹み、とにかく体が軽くて仕方がない。この時点で、入院直後からずいぶん体重が減っていたのだから、当然のことだ。きっと胸水も少なくなっていることだろう。

朝食が済んだころ、前の日に病室にやってきてくれた男性医師が再び現れた。

「村井さん、調子はどうです？」私は張り切って答えた。

「絶好調です！　トイレは通いっぱなしですけど！」

医師は私の顔を見ると少し笑って、「お薬、効いてるみたいですね。ずいぶん顔色が良くなりました。もう少し飲み続けてみて、様子を確認しましょう。その後、もう一度レントゲンを撮って、ちゃんとお水が抜けているかどうかの確認をして、そして体調が整ったところで、本格的な検査がはじまります。お部屋でゆっくりしていてくださいね。くれぐれも、無理はされないようにお願いします。売店には行ってくださってもかまいませんよ」

私は心のなかでガッツポーズを出した。病院の売店は、私にとって、様々な思い出が詰まっている場所だ。入院していた子どものころ、母に売店に連れて行ってもらい、おかしを買ってもらうのがなにより楽しみだった。私にとって、病院の売店は、病院の外の世界との唯一の接点のような場所でもあった。絵本、まんが、シールブック、ぬりえ、カラフルなキャンディー。今思い出しても胸がわくわくする。

医師が去ったあと、私はすばやく財布を手にし、カーディガンを羽織って病室を出た。左手には点滴ポールだ。鼻歌交じりにエレベーターのボタンを押し、何気なく待合室のほうに視線を向けると、ベテラン&フレンズがこちらを見ていた。私は、気づいていないふうを装って視線を外し、到着したエレベーターに乗り込み、「閉」ボタンを高速連打しつつ、「なんか見てたし」と口にした。

動き出したエレベーターは、数十秒後に私を地下へと連れて行った。私はスキップせんばかりに薄暗い廊下に出た。その薄暗い廊下から、少し奥まったところに売店はある。今現在は某コンビニチェーンの店舗になっているが、私が入院していた当時は、病院によくあるタイプの普通の売店で、店の前に小さなテーブルと椅子が四脚ほど置いてあるだけの、なかなかどうして寂しい雰囲気の店舗だった。その寂しい雰囲気の店舗であっても、入院患者にとってはオアシスである。私は心の底からうきうきしつつ、店に入って商品を眺めた。塩分を制限しなくてはいけないことは、私のメンタルを破壊した心不全手帳を読んで知っていたので、ポテチやクッキーなどは避け、のど飴《あめ》を手にした。涙ぐましい努力だ。そして飲み物の入った冷蔵庫の前に立ち、商品を眺めた。ひとつひとつをしっかりと見つめる。きらきらと美しい。病院の売店で見る商品は、すべて宝石のようにきらきらして見える。私は「ドデカミンストロング」というドリンクに手を伸ばした。なんとなく、どでかい気分で過ごしたかったからだ。私は退院するその日まで、ドデカミンを験担《げんかつ》ぎで飲み続け、そして

今でも時折飲んでいる。

のど飴とドデカミンを手にした私は、店舗の前に設置されていた椅子に座りながら、

書籍の棚を遠目に眺めていた。病院内で売れ筋なのは、やはり健康関連書籍のようだ。ウォーキング、減塩、ストレッチ……ふぅん、こういう雑誌が売れるのかと考えつつ、棚の下側を見ると、そこには幼児向け雑誌、小学生向け書籍、絵本が並んでいた。そうか、子どもも入院しているんだ。突然、しんみりとした気分になった。絵本。入院していた子どものころ、毎日、毎日、絵本を読んだ。その多くの絵本のなかの一冊は、橋本くんが病院まで持ってきてくれたものだった。

橋本くんは、私が小学校一年生のとき、同じクラスにいた男の子だ。私は入院・手術のため、小学校一年のほとんどを欠席していたが、入学式から数週間は学校に通っていた。そのとき、仲良くなったのがとても大人しい橋本くんだった。橋本くんは、私が入院すると知ると、少し寂しそうな顔をしていたように思う。担任の先生が私を黒板の前に立たせ、「理子さんはしばらく学校をお休みします」と生徒たちに言っていたそのとき、悲しそうな顔をしてくれたのは橋本くんだけだった。だから橋本くんのことはよく覚えている。そして、私には、橋本くんに謝らなければならないことがある。どうしても謝りたいと思いながら、ここまできてしまった。

私は橋本くんのことを思い出しながら、売店の前でしばらく座っていた。

歪んだ気持ちを同級生の橋本くんにぶつけてしまった話

先天性心疾患を持って生まれた私は、一回目の心臓手術を受けるため、静岡市内にある大きな病院に入院していた。七歳のときだ。しかしその入院が初めてではなく、小学校に入学する前から、幾度となく検査入院を経験していた。幼稚園の卒園式で、私の姿を見る母が、父兄が、先生たちが、大粒の涙を流している理由が、幼い私にはさっぱりわからなかった。園長先生は震える声で私の名前を呼び、顔をくしゃくしゃにしながら卒園証書を手渡してくれた。私は不思議でたまらなかった。なぜ大人が私を見て泣くのだろう。ずいぶん後になってわかったのだが、私は、卒園したその日に検査入院が決まっていたのだそうだ。幼稚園の建物を出たら、その足で病院に向かうことになっていたらしい。それを知る大人たちが、私のことを可哀想だと思って泣いてくれたらしい。なるほどねと理由を理解した私だったが、なんだかとても居心地の悪い気持ちになった。まるで今から死ぬ子どもみたいではないか。

検査入院を終え、小学校に入学して、初めてできた友達が橋本くんだった。当時の私は極端な人見知りで、常に母の後ろに隠れて、誰とも目を合わすことがなかったそうだ（想像できてつらい）。当然、教室でもそんな調子で、友達は少なかった。唯一橋本くんだけが、時折会話を交わす相手だった。一学期の終業式のあと、教室で担任の先生が、これから手術に立ち向かう私を励ます会を開いてくれても、橋本くん以外まったく反応が薄かったのはこんなことが理由だ。励まされる側の私でさえ、なんの感慨もなく、さよならと手を振って下校したほどだ。

橋本くんがお母さんと一緒に、私が入院している病院まで私を見舞いにやってきてくれたのは、夏休み中のとある一日のことだった。私の記憶が正しければ、私はすでに手術を終え、ある程度回復し、個室に滞在していた期間だ。ある暑い日の午後、開け放った病室ドアから続く廊下の先に、きれいな女性に手を引かれた、少年の姿が見えた。白い開襟シャツに青い半ズボン、白いハイソックス。少しだけおしゃれをした橋本くんだった。

母は、橋本くんとお母さんの姿を見て、たいそう喜んでいた。母と橋本くんのお母さんは、普段から仲がよかったのだろうと思う。二人は笑いながら声をかけあって、楽しそうにしていた。母の明るい表情を見るのは久しぶりのことだった。橋本くんは、お母さんに手を握られたまま、恥ずかしそうに下を向いていた。私は橋本くんの姿を見た瞬間、大きな衝撃を受けた。理解できない感情が体中を駆け巡るようだった。会いたくない！　絶対に会いたくない！　しかし、そんな私の動揺に一切気づいていない母は、橋本くんとお母さんを病室に招き入れた。

「ほら、橋本くんが来てくれたわよ」と母が言い、橋本くんのお母さんの笑顔が見えた瞬間、私はベッドを飛び降りて、病室のカーテンの後ろに隠れた。そんなことをしても橋本くんから身を隠すことなどできないとわかっていたのに、私は必死になっていた。橋本くんへの怒りが抑えきれなかった。こんな姿を見られてしまった。橋本くんに、病院にいる姿を見られてしまった。誰にも見られたくなかったのに！　なんで来たの？　許せない！　そんな気持ちだった。

母は慌てた。大慌てで、私の手を引っ張ったが、私は頑として動かなかった。気を利かせた橋本くんのお母さんが、母に対して、いいわよ、あたりまえじゃない、この子だってつらいのよ、あたしにはわかるから……というようなことを言った。それを聞いた母は、突然泣きだした。私はパニックである。なぜ母が泣き出したのか、まったく理由がわからない。泣きたいのはこっちなのに、なんで母が泣くのか？　まさかこれから叱《しか》られるのか？　これはまずいことになった……。

橋本くんとお母さんは、それからすぐに帰って行った。母は泣きながら二人を廊下の先まで見送りに出た。私は、病室のドアの陰から、しょんぼりした橋本くんがお母さんに手を引かれて帰って行く様子を密《ひそ》かに見ていた。ベッドの上には、橋本くんのお母さんが持ってきてくれたお菓子と絵本が一冊置いてあった。私はその両方を手に取ると、廊下に向かって力いっぱい投げつけた。絵本がパーンという大きな音を立てて、廊下に打ち付けられた。お菓子が入った箱は蓋《ふた》が開き、丸くて小さなカップケーキが転がり出た。振り返った橋本くんの表情は記憶にない。橋本くんのお母さんの表情も思い出せない。母は急いですべてを拾い集めていた。

母に叱られたかどうかは記憶にない。たぶん、母は叱らなかったと思う。私は病院に来た橋本くんに腹を立て続け、母が拾い集めたカップケーキも拒否したが、絵本は受け取って、何度も読んだ。何度も何度も読んだのに、その絵本のタイトルだけはどうしても思い出すことができない。橋本くんとはそれっきり、一度も会話することなく小学校を卒業してしまった。いや、もしかしたら、橋本くんには謝ったかもしれない。橋本くんは、素っ気なかったような気もする。卒業後、一度も彼には会っていないし、いまどうしているのかも知らない。

橋本くんには、本当に悪いことをしてしまった。あの時の自分の行動を考えると、胸が痛む。私は橋本くんに腹を立てていたのではなく、元気な橋本くんに嫉妬《しっと》していたのだ。自由に出歩くことができる橋本くんに、学校に行くことができる橋本くんに、橋本くんだけではなく、病院の外で元気に暮らす子どもたち全員に、私は心から嫉妬していた。その歪《ゆが》んだ気持ちを向けられた相手が、たまたま橋本くんだったというだけのことなのだ。

私にとって、この橋本くんとの苦い思い出は、強い教訓となって残り続けている。去って行く悲しそうな彼の後ろ姿がどうしても忘れられず、それを引きずり続けてここまで来てしまった。もしもタイムスリップできるなら、あの日の病院に戻って、橋本くんとお母さんを追いかけ、そして謝りたい。幼い心を傷つけられ、悲しい思いをしている彼に、「橋本くん、来てくれてありがとう。怒っちゃってごめんね」と伝えたい。

売店の前で橋本くんのことを思い出し、涙が出そうになって、慌てて我慢した。あの日々から四〇年後に、再び病院に戻ることになるなんて、夢にも思っていなかった。またあの苦しい手術を受けなければならないと考えると、絶望しそうだった。それでも、やり遂げるしかない。乗り越えるしか道はない。とりあえず、平常心。それが大事だ。

そう考えながら椅子から立ち上がると、点滴ポールを手にエレベーターまでゆっくりと歩いて、病室に戻った。

子どもの頃の恐怖に比べれば、経食道心エコー検査なんて……と思った話

突然体調を崩し、歩くこともままならなくなって駆け込んだ病院で心不全と診断され、緊急入院して一週間ほどが経過していた。投薬治療を受け、この時点で入院時よりはずいぶん回復していた私は、あろうことか、もしかしたらこのまま退院できちゃうのかもしれない、何ごともなかったかのように普通の生活に戻ることができるのでは？　と考えはじめていた。体が軽くなった、むくみが取れたと大喜びしていたこの時期であっても、術後三年半が経過した今の私の状態に比べれば、お話にならないほどの重病人だったと思う。お願いだから勘違いしないで、まだまだ遠い道のりだからと当時の自分に言い聞かせたい。ようやく二四時間の点滴と心電図が外れたような病人が、まさかそのまま退院できるわけがないのだ。

子どもの頃の恐怖に比べれば、経食道心エコー検査なんて……と思った話

そんな能天気な私をたしなめるかのように、病室にやってきた主治医は言った。

「状態も安定しましたし、検査をはじめましょう。まずは経食道心エコー検査です。胃カメラってやったことありますか？……えっ、ない？　そうですか。胃カメラよりはちょっと大変な検査なんですが、これをやらないと心臓の状況がわかりませんので、がんばりましょうね。これから忙しくなりますよ」

経食道心エコーとは、超音波内視鏡を食道に入れ、食道から心臓の様子を確認するといったものらしい。胸壁からのエコーより、詳しく心臓の様子がわかるそうだ。私の心臓がどのような状態なのかを知るためには必須の検査だし、大事な検査だと主治医は繰り返した。

「喉の麻酔もありますので、大丈夫ですよ！　それではゆっくり休んでくださいね」

主治医に手渡された同意書にサインしながら私は、今まで経験してきた様々な検査について思い出していた。子どもの頃の記憶で強く残っているのは、カテーテル検査だ。鼠径部《そけいぶ》の動脈からカテーテルという細い管を入れ、心臓まで到達させるという恐ろしい検査である。小学一年生で入院・手術をする前に数回、私はこのカテーテル検査のための入院を経験していた。

当時、両親はこのカテーテル検査を強く恐れていた。というのも、当時の主治医の検査前の説明が、あまりにも緊迫感に満ちていたのだ。「万が一のことがありますので……」とか、「楽な検査ではありません」とか、「出血が止まらなかった場合……」なんてことを言いながら、白い紙に心臓のイラストを描き、説明してくれたのを記憶している。その当時は、実際に危険を伴う検査だったのだろう。主治医の横顔は疲れ果てており、それなのにとても真剣で、長い間、髪を切ることもままならないほど病院にいたはずの主治医のこめかみのあたりに、伸びてしまった髪がはらりとかかっていた。白衣の下は、いつもと同じセーター姿。いつもの先生なのに、その日は別人のように見えた。子どもの私にもその緊迫感は十分伝わってきた。検査内容を説明された親は、不安でたまらなかっただろう。そして当然、私自身も衝撃を受けていた。しかし、我慢強い少女だと言われ続け、褒めちぎられていた私は、自分でもそう信じ込んでいた。だから、泣くことも狼狽《うろた》えることもできず、無表情で処置室に向かうしかなかった。

子どもの頃の恐怖に比べれば、経食道心エコー検査なんて……と思った話

検査自体の記憶は一切残っていない。検査後の入院についても、どうしても思い出せない。もしかしたら幼い私が自分の心を守るために、記憶の削除をしてしまったのかもしれない。残っているのは、背中に感じる冷たい手術台の居心地の悪さだけだ。
あの時に比べれば、経食道心エコーなんてたいしたことはないと思った。あの恐怖に比べれば、食道から心臓を見るぐらい、なんのことはないはずだ。主治医が病室を去ってから、猛烈な勢いで経食道心エコーについて調べまくり、ここは冷静になるしかないと思った。胃カメラに毛が生えたようなものだ。そこまで恐れることではない。そう無理矢理納得して、私は翌日の検査に備えるべく早めに就寝した。

翌朝、車椅子に乗せられ、私はエコー室に向かった。自分ではずいぶん元気になっていたと思ってはいたものの、エコー室に向かう途中で、ガラス窓に映った自分の顔を見て、ぎょっとした。検査のために廊下で座って待つ人たちの視線が痛い。確かに、病棟から外来に来てみれば、私は立派な病人だった。自然光に照らされ、凹凸の目立つやつれた頬、色のない唇、なぜだかひっきりなしにずり落ちてくる眼鏡。顔がゲッソリしたために髪が突然増えたように見え、まるでサイズを間違えたカツラをかぶっ

ているようだった。そのうえ、パジャマ姿で車椅子だ。車椅子は楽だが、乗って押してもらうには、まだ早い年齢だと焦る気持ちもあった。そのうえ、車椅子を押してくれていたのは、若い看護師の女性だった。「なんだか申し訳ないな……」という気持ちになってしまった。

エコー室に入ると、緊急入院当日に心エコー検査をしてくれた女性技師さんが笑顔で出迎えてくれた。彼女は私と同じぐらいの年齢で、いかにもベテランといった雰囲気。そのうえ、患者を不安にさせないよう明るく振る舞い、テキパキと仕事を進める女性だった。私が入院当日に検査を受けたことを覚えていてくれたようで「元気だった？　心配しなくていいから」と声をかけてくれた。ここでようやく、ほっとすることができた。検査はこの人がしてくれるのだろうか？　それだったらうれしいな……なんて思っていたところに、がやがやと若い男性数名がエコー室に入ってきた。医師たちだった。私など、そこにいないかのように見向きもしてくれない。その男性たちに続くようにして入ってきた小柄な主治医が、にこっと笑って、「それじゃあ、はじめますね」と言った。

子どもの頃の恐怖に比べれば、経食道心エコー検査なんて……と思った話

喉に麻酔を塗られ、ベッドに横たわると、エコー技師の女性が私の背中側に座って声をかけ続けてくれた。主治医は横たわる私の前に座っていた。ベッドの足元に設置されたモニタを、ベッドの周りに集まった若い男性医師たちがじっと見ている。主治医が「それじゃあ、はじめますね」と静かに言い、喉の奥に管が入れられていった。

最初は「意外にいける」と思った。麻酔が効いているのか、それとも管が細いのか、特に痛みもなく、違和感も少なく、どんどん奥に入っていったような気がした。これなら楽勝かもしれないと思った。しかし、管がどんどん奥に入り、そしてある地点に到達したとき、少し居心地が悪くなった。痛みは全くないのだが、圧迫感がある。圧迫感と異物感。この異物感は何かに似ているとしばらく考えて、ふと思い当たった。レゴブロックだ。大きなレゴブロックが食道に入り、ぐるぐると向きを変えながら動いているような感覚だった。痛くはないけれども、とにかくレゴブロックが動きまわっている……。涙目になりながら、早く終わってくださいと祈り続けていた。

医師たちは口々に、「あ、ここですね」「この部分だ」「なるほど……」と言葉にしていた。私は彼らの言葉を次々に記憶していきながら、絶対に忘れないようにと頭のなかで繰り返した。主治医は小さな声でブツブツと何か言いながら、両手で持った管

を真剣な表情でコントロールしていた。そして、「ああ、ここだ……」と言った。医師たちの会話をしっかり聞いていた私は、薄々気づきはじめていた。私は多分、重症なのだと。

七歳で開胸手術を受け、成長期を痛みとともに過ごした話

たいしたことはないだろうと高をくくっていた経食道心エコーがようやく終了したのは、私がエコー室に入ってから、ちょうど一時間後のことだった。ぐったりと疲れた私を、再び若い看護師さんが車椅子で病室まで戻してくれた。検査が我慢できないほど痛かったわけでも、苦しかったわけでもなかった。ただただ、疲れ切っていた。

エコー室から車椅子で戻してもらったというのに、ようやく病室のベッドに座ると、体がそのまま沈み込んでしまうかのように重かった。むくみが抜けて、体重もずいぶん減っていたのに、体が重くて仕方がない。人の多い外来に行っただけで、これほど疲れるものかと驚き、不安になった。それまで冷えなど経験したことがなかった自分の体が、温度変化に敏感になっている。もしかしたら、急激に体力が落ちてしまったのかもしれないと気づいたのはこの瞬間だった。カーディガンを着込みながら、強い

疲労感が気になって仕方がなかった。
ベッドに横になりながら、エコー室で繰り広げられていた医師たちの会話を思い出していた。あ、ここだ、ここですね、なるほどシビアだ……と、彼らは口々に言っていた。自分が想像していた以上に、状態は悪いのかもしれない。きっと手術は免れないだろう。もちろん主治医は、最初から手術を見越して検査をしたのだろうが、患者の私からすると、わずかな可能性にもしがみつきたい思いだった。消灯後、コソコソとインターネットで弁膜症の手術について調べ、一旦手術が決まれば、開胸術になることは薄々わかっていた。でた〜、開胸〜！　と、やるせない気持ちになった。思い出すだけでも恐ろしい、あの痛い手術だ。開胸手術は、胸骨を縦にずばっと切り、切った胸骨を左右にぐいっと開いて、心臓にアクセスするというものなのだ。

七歳の私が開胸手術を受けた日、朝から私の病室は慌ただしかった。両親は青い顔で右往左往しているし、いつもより忙しそうな表情の看護師さんが次々と病室に出入りし、私の世話をやいた。血圧を測り、脈を取る。なぜか私の髪をとかし、あら今日もかわいいわねと言い、点滴を何度も確認する。いつもは笑顔の看護師さんたちに、その日、笑顔は少なかった。忙しそうな主治医が何度も病室にやってきて、「大丈夫だからね」と言うたびに、これから大丈夫ではない何かが行われるのではと不安になった。私が眠っていないことに驚き、「寝てもいいんだよ?」と看護師さんが繰り返す。目をつぶってごらん、眠くなってくるはずだからと言われれば言われるほど、私は両目を見開いて、がんとして眠らないようにがんばっていた。母はそんな私を見て、オロオロとしていた。父は、「早く寝ろ」と睨《にら》みをきかせて何度も言った。それでも、どうしても眠らない私に業を煮やして、看護師さんが一粒の白い錠剤を手渡した。私はそれを手のひらに載せてまじまじと眺め、そして水で飲み下した(はずだ。そう記憶に残っている)。それでも、私が手術前に眠ることはなかった。両目を見開いたままの私は、そのまま手術室に運ばれていった。

ここから先の記憶は曖昧だし、本当のことかどうかも定かではない。もしかしたら、私が勝手に作り上げた記憶かもしれない。しかし、私は四〇年以上もこの記憶を忘れないように何度も丁寧に頭のなかでなぞっては、大切にしてきた。手術台の上に寝かされたこと、ギラギラと光るライトが眩《まぶ》しかったこと、次に目を覚ましたとき、喉に大きな機械が入っていて苦しかったこと、何人もの大人がＩＣＵのベッドに寝る私の顔を覗き込んでいたこと、喉の奥に入っていた機械が取り除かれた瞬間の痛み、そしてなにより、胸の痛みだった。

手術で胸骨を縦割りする前に、胸の辺りの皮膚もかなり長く切っているのだから、痛いのは当たり前なのだが、私が記憶している痛みは、とにかく強いものだった。手術直後、自分がその痛みをどのように克服して、乗り切ったのかという記憶はない。とにかく、体が動かなかった。体中に管が繋がっていた。歩くことはおろか、起き上がることもできなかった。

次に私が覚えているのは、長方形のアルミ板に包帯を巻き付けて主治医が作ってくれた、お手製のギプスのような器具だ。それを胸の傷に当てて、そのうえからぐるぐるぐるとさらしを巻いて上半身に固定する。当時私が聞いていたのは、「これをしっかり巻いておかないと、骨がくっつかないから」という理由だった。ぐるぐる巻きにされるとなんとなく痛みが軽くなるようだったし、病人っぽい雰囲気が出るので、私は好きだった。手術からずいぶん長い間、その板を上半身に巻き付けていた記憶がある。たぶん、数か月はお世話になっていたはずだ。何度も包帯を巻き直されたその板は、使われなくなった後も、しばらくわが家に保管されていた。

結局、成長期にあった私は、開胸手術の痛みをずいぶん長い期間経験することになった。痛いと信じ込んでいたのか、それとも実際に強い痛みを感じていたのかははっきりしない。様々な出来事に、心がついていかなかったのかもしれない。退院して学校に通いはじめた私は過剰に胸をかばうようになり、どんどん姿勢が悪くなり、前屈みになった。教室の椅子に座ると、おでこが机の天板に触れてしまうほど姿勢が悪くなった。目の前にある天板の木目をじっと眺めるという日々が続くと、先生がそれを見とがめて、私の背中を物差しで叩くようになった。いくら頼んでも、体育の授業を休ませてくれなくなった。ドッジボールの授業で、ボールが胸元に当たり、痛みで息が吸えなくなってうずくまると、大袈裟《おおげさ》だと怒った。私自身も、自分は大袈裟でずるい子なのだと信じ込んだ。そして、体育の授業を休まなくなった。なにもかもすべて周りの生徒に合わせることで、自分一人が目立たないようにした。目立たなければ、先生に叱られることもないからだ。

あの先生、本当に意地悪だったなあと考えつつ、四七歳の私はベッドに寝転んでいた。あの先生だけではなく、時代がそうだったと思う。病気は甘えで、ずるいことだった。結局私は、手術したことをひた隠しにし、本来であれば休むべきだった体育の授業にも出続け、そのうち、自分のなかで手術はなかったことになった。しかし、まるで黒歴史のようになった心臓手術が、四七歳になった私のところに、再びやってきたのだ。皮肉だなと思った。過去のことだと思っていたすべてを、もう一度繰り返すなんて。

それでも、わずかな希望を抱かずにはいられなかった。今は四〇年前より、技術が格段に進んでいるのは間違いない。痛みに対するケアも充分なはずだ。痛み止めを飲むことや、授業を見学することさえ許されていなかったあの頃とは、ずいぶん違う。手術をしなければ生きられないのであれば、選択肢はないし、もう一度やるしかない。現代医療を信じるしか道はないのだ。

すでに他界していた両親に対して、二度目の手術について伝えなくてもいいという事実も、私にとっては希望だった。七歳の私が手術室から出てきた瞬間、両親が抱き合って泣いていたと祖母が教えてくれたことがあり、二度とそんな思いはさせたくないと考えてきたからだ。今回こそ、自分一人で乗り切ろうと決意しはじめていた。

夕食後、看護師さんが病室にやってきた。いつも通り、検温、血圧測定が済むと、

「次はカテーテル検査になります。明日の朝、先生から説明がありますので、よろしくお願いしますね」と唐突に告げた。ええっ、カテーテル検査、やっぱりあるの⁉という驚きで言葉が出なかった。経食道心エコーだけじゃなくて、やっぱり心臓カテーテルもあるのか！　結構なショックで眠ることができそうもなく、看護師さんに、

「すいません……眠剤頂けますか……」と力なく頼んだのだった。

首に管を刺すってすごくない？
首と手首からカテーテルが入った話

「首からです」と主治医は言った。思わず、「えっ」と声が出てしまった。心臓カテーテル検査の話だ。子どものときに経験していたカテーテル検査は、鼠径部から管（カテーテル）を入れ、様々な検査を行い心機能の評価を行うというもので、今回もてっきりそうだと思っていた。鼠径部でも十分嫌だが、首からって余計に嫌じゃない？　と狼狽《うろた》えている私に主治医は、「それから、左手首からです」と言った。えっ、二か所同時多発的な検査なのか？　ますます狼狽えた。主治医は、その後も様々な説明をしてくれたが、ほとんど記憶に残っていない。局部麻酔はするから大丈夫、さほど時間がかかるわけではないけれど、止血はしっかりやらないといけないので、検査後は安静にしていただきますねと続け、呆然とする私を残して病室を去って行った。主治医の表情は明るいもので、特に深刻な印象は受けなかった。きっと彼女にとっては、慣れた検査なのだろう。しかし、私の頭のなかでは、「首と手首」という文字がグルグル回り始めていた。

首に管を刺すって、それってすごくない？　だいたい人間の血管って、そんなに強いものなのだろうか。ある程度の太さのある管を刺して、ビリッと破れたりしないのだろうか？　それも長い管なの？　人間の血管って、金魚の水槽に入れるブクブクについている透明のチューブぐらいの存在感はあるのだろうか……そんなことを考え続けたのだが、五分ぐらいで諦めた。もういいや、なんとかなるだろうと考えて、ベッドに横になった。

自分でも驚くのだが、私はいつも諦めが早い。諦めが早いうえに、かなりの楽天家でもある。この性格が功を奏して、今まで幾多の困難を無事乗り越えることができてきたような気がしている。このときも、心配しても仕方がないし時間の無駄だと思い、あっさり考えるのを止めた。検査は翌日なのに、前日から心配したって無駄なのだ。とにかく、すべて、明日の朝に考えればいいと思った。なんなら検査の五分前からでいい。この時点ですでに、インターネットで検索することすら止めていた。検索しても余分な情報が多くて不安になるだけだからだ。だから、検査のことは忘れ、仕事をしたり、本を読んで不安を誤魔化した。

翌朝、指示されていた時間の一五分前にしっかりと準備を整えた私は、ベッドに座り、迎えの看護師さんが来るのを待っていた。自分で歩けるほど元気だったが、車椅子を用意してくれていたのでありがたく乗せてもらった。そして、看護師さんと一緒に、エレベーターで階下に向かい、薄暗いフロアに辿《たど》りついた。

なにやらとても怪しい雰囲気だった。温度も若干下がったような気がした。廊下は薄暗く、しんと静まり返っていて、私と看護師さん以外、誰もいない。看護師さんの押す車椅子は、迷路のような通路を右に曲がり、左に曲がり、どんどんと進み、何か所もの自動ドアを通り抜け、そして分厚い鉄製のドアの前に私を連れて行った。看護師さんがインターフォンのボタンを押した。

分厚い鉄のドアを開けて出てきたのは、めちゃくちゃに明るい男性だった。

「おはようございまーす！　今日は、こちらでカテーテル検査を行いまーす！」きっと、私を不安にさせないよう気を遣ってくれていたのだろう。しかし私は余計に不安になった。ホラー映画を観過ぎているせいで、すべてが悪いことが起きる前兆のように思えたのだ。この深刻な場所で、この明るいキャラクターは不吉な予感以外の何ものでもない。私を連れてきてくれた看護師さんはいつの間にか消え、妙に明るい男性が私の後ろにあっという間に回りこみ、私を部屋のなかに連れて行った。

そして私はようやく気づいた。ここは、手術室のように、しっかりと設備の整った処置室で、今日の検査は、簡単に終わるような類《たぐ》いのものではないのだと。私の想像以上に多くの技師や看護師が待機していた。もわっと温かい空気が充満していた。そして、まるで大きな十字架のような形のベッドが、部屋の真ん中に置かれていた。その周辺には多くの器材が並んでいた。ベッドの足元には、小さな階段が設置されていて、「はーい、ここからどうぞ～」と言われ、車椅子から立ち上がった私はその十字架に横たわった。

横たわった直後、本当に数十秒も経過していないあたりで主治医がどこからともなくすっと登場し、そして、「左を向いてくださいね。消毒します」と言いつつ、左を向いた私の首のあたりに、消毒液をたっぷりと塗りつけた。そして、ふわりと緑色の厚手の布を私の顔から首のあたりにかけてくれた。温かかった。「麻酔しますね」と静かな声が聞こえ、間髪入《かんはつい》れずに首に針が刺さった。

刺さったというか、針がぐぐぐっと首に突き立てられるような感覚だった。すいません、どこまで刺しますか？　と焦りに焦った。様々な注射を経験してきた私の人生だが、トップスリーに入るぐらいの痛さだった。ぐぐぐ……と、渾身の力で主治医が太い注射針を両手で私の首に刺しているイメージで頭がいっぱいになった。痛みというよりは、柔らかな首に鋭利な何かが深々と突き立てられるという非現実的な状況に、心を砕かれるようだった。無理かもしれない！　いや、無理だ！

しかし、主治医は「もう少し追加しますね」と優しく言い、再び、何かを垂直に私の首に刺した（ような気がした）。この時点で私の頭のなかには、「死ぬ」という文字しか浮かんでこなかった。「それでは検査を開始しますね」という主治医の優しい声は聞こえたが、その次にやってきた感覚で、すべてがかき消されてしまった。

とても硬い何かが、主治医の渾身の力で首に刺され、そして血管を進んで行く感覚に全身が支配されたようだった。あまりの衝撃に、緑の布の下で、ありえない変顔をしてしまったのをはっきり覚えている。ハァ？　ちょっと待ってくれる？　これってどういう状況なんですか？？　首の一番弱い部分、例えば誰かに突然触られたら、恐怖と違和感で飛び上がってしまうような敏感スポットに、あろうことか、焼き鳥の串のように鋭利で頑強な何かが突き立てられた状況なのだ。痛いのか？　いや、痛いというよりは、恐怖だ。ありえない状況だ。違和感だ。助けて〜!!

両目をぎゅっとつぶったまま、神様、どうか早く終わらせてください、お願いします、早くこれを終わらせて……と祈り続けてどれぐらい経っただろう、たぶん一〇分も経っていなかったと思うが、主治医の「それじゃあ抜きますね」の声と同時に、首から何やら長い何かがずるずるっと抜かれ、首筋に大きなテープが貼り付けられた。すべての圧迫感が消え去った。心の底から安堵《あんど》した。喉にはズキズキとした痛みが残っていた。

間髪入れず、「次は手首です」と言った主治医は、再び麻酔を打った。今度の麻酔はまったく痛くなかった。心のなかで、「手首楽勝。首よりはマシ」と思っていた私だったが、それは大きな間違いで、手首は手首で大変だった。痛みは一切ないが、何かが手首から入り、ずずずっと血管を進む様子がはっきりとわかるようだった。本当にそのように感じられたのか、それとも私の妄想が膨らんでそう感じてしまったのかはわからない。わかっているのは、私がホラー映画を観過ぎているせいで、すべてが拷問のように思えてしまったということだった。三〇分後に検査が終わった時には、へとへとに疲れ切っていた。

首には大きなテープ、左手首には止血用の器具がしっかりと巻き付けられていた。ヨレヨレになった私を、送ってくれた時と同じ看護師さんが迎えに来てくれた。「ごくろうさまでした～」と明るく言う看護師さんに「いやあ、死ぬかと思いました」と答えると、「あはは、大変でしたねえ」と笑っていた。

主治医に「私は近い将来に死にますか？」と質問をぶつけた話

看護師さんの押す車椅子で病室に戻ると、夫が待っていた。検査後に主治医から、現状と、この先の治療の説明が予定されていたのだ。久々に会った夫は私の姿を見ると、「痩せたねえ！」と言った。私は、看護師さんがいなくなったのを確かめてから、「痛かったわ、今のカテーテル検査！　首だもん！　死ぬかと思ったわ」と夫に言った。夫は笑っていたし、私も笑ったが、心のなかでは、今回だけは笑えない検査だったと考えていた。喉には重苦しい痛みがしつこく残っていた。左手首に巻かれた止血帯がとても大きく見え、そして重かった。

三〇分後、主治医が小さなモニタをカートに乗せて、そのカートを押しながらやってきた。主治医は夫の姿を見ると、「こんにちは、ご苦労様です」と笑顔を見せ、直後に少し厳しい表情をした。私はそんな主治医のわずかな表情の変化を見て、「マズイ」と思った。お医者さんが一瞬でも真面目《まじめ》な顔をするときは、決まってよくないお知らせがあるときだ。それは子どもの頃からの経験でわかる。主治医はモニタを指しながら、笑顔を見せずに説明をはじめた。

「心臓のあたりの血管に狭窄《きょうさく》などは一切なくて、とても良い状態でした。でも、心臓のポンプ機能が、私の予想よりも低下していたんです、残念なことに……」と主治医は言った。そして、「何も手を打たなければ徐々に悪化していくことは目に見えています。このままでは日常生活も厳しくなるかもしれません。手術が必要です」と言った。私は、やっぱりそうなのかと思いつつ、最後の望みをかけて、主治医に質問をした。

「先生、手術ってことは、開胸手術ということですか？」と聞くと、主治医は困ったような笑顔を見せながら、「ええ、そうなりますね」と答えてくれた。やっぱりそうだった。私の生涯二度目の開胸手術が決定した瞬間だ。夫の顔をちらりと盗み見ると、真っ青になっていた。

「病名は僧帽弁閉鎖不全症です。僧帽弁という心臓の弁が、正常に機能していない状況です。それが原因で息切れが起きたり、その他の様々な症状が出ているということです。このままでは普通に生活することはできません。薬では、どうにもならない状態です。実は、県内に僧帽弁閉鎖不全症の手術でとても有名な先生がいらっしゃいます。その先生の病院には専門チームもいますし、環境も整っているんです。ここよりも、そちらの病院の方がいいでしょう。大学病院への転院をお勧めします。私の方から連絡を取って、初診を予約します。なるべく早くに診ていただけるようにしましょう」

私は主治医の言うことをしっかりと聞き、すでに覚悟を決めていた。そして「わかりました、よろしくお願いします」と答えた。動揺はしていたが、取り乱すようなことはなかった。それでも、どうしても聞いておきたいことがあった。どれだけ愚かだと思われようとも、しっかりと確認したかった。だから主治医に質問をした。

「先生、私は手術をしたとしても、比較的近い将来に死にますか？」

すると主治医は、え？　と驚いた顔をして、そして笑顔を浮かべると、「そんなことないですよ。治療をすればとても元気になります。だってそのための治療ですから」と答えてくれた。私は主治医に「そうですか。よかったです。手術、がんばります」と返した。とてもうれしかった。そして慌てて、「いろいろと、本当にありがとうございました」と付け加えた。彼女が助けてくれなければ、危うく手遅れになるところだったのだ。

主治医は、「検査はすべて終わりました。これからはゆっくり体を休めてください。もう少しだけ、入院していてくださいね」と言い、カートを押しつつ、病室から出て行った。そんな彼女の後ろ姿に、私はもう一度「先生、ありがとうございました」と声をかけた。

私は主治医が病室から遠ざかったのを確認すると、すぐさま夫に話しかけた。
「すぐには死なないって、先生言ったよね？」すると夫は、
「言った、言った」と答えた。

「でも手術だって言ったよね？」と私は聞いた。

「言ってた。残念だけど。でも、転院先に有名な先生と専門チームがいるから、安心だってことだった」と夫は答えた。

「そうだよね」と私は念を押した。

「そうそう」と夫は答えた。

「じゃあ、安心だよね？」私はしつこく確認した。

「楽勝」と夫は答えた。

「よかった。助かったね」と私が言うと、夫は、「そうだね」と答えた。そして、子どもたちが帰ってくるからもう行くわと言って、あっさり帰って行った。


私はベッドに横たわり、病室の広い窓から見える青空を見ていた。前の日よりもずっと青く見えた。我慢しているのに、笑いがこみ上げてきてしまう。心臓手術を宣告されたばかりで、ショックで泣いてもいいような状況なのに、私はうれしくてたまらなかった。

先生は、手術をすればとても元気になると言った。これからは強い疲労感も、息切れも感じなくなるだろうと言った。薬は生涯飲み続けなければならないだろうけれど、それでも、今までよりはずっと楽に暮らせるはずだと言ってくれた。私は主治医のそんな言葉のひとつひとつを、何度も何度も心のなかで繰り返し、喜びを嚙みしめた。あの疲労感や息切れとさよならできるなら、私は何だってできる。退院は、検査が終わってから三日後に決まった。

検査の翌日の朝、私は張り切って給湯室に向かっていた。朝食が配膳されたのだ。その日のメニューは食パンとジャムとヨーグルト。食パンはもちろんトーストされたものではなく、ほのかに温められた状態で配られていた。病棟にある給湯室には、一台だけトースターが置いてあって、入院患者はそれを使ってパンを焼くのだが、せっかちな私は待つのが嫌で、いち早く給湯室まで行き、パンを焼くようになっていた。自分の食い意地が恥ずかしいが、常に一番をキープしていた。心不全で入院していても、パンはこんがり焼きたい派だったのだ。

検査が終わり、体調もほぼ戻っていた私は、その日も、誰よりも早く給湯室に向かい、トースターにパンを入れて、ダイヤルを五分にセットし、スタスタと病室に戻った。そしてきっちり五分後に給湯室に戻ると、そこには先客がいた。久しぶりに会う、大部屋でお隣さんだったベテラン入院患者の女性だった。退院が決まっていたこともあって、なんとなくうかれていた私は、「おはようございまあす！」と明るく挨拶をした。ベテランはそんな私をさりげなく無視すると、トースターからこんがり焼けた食パンを取り出して、何も言わずに歩いて行ってしまった。私の食パンはシンクの上に置かれた状態だった……生のままで。

私は自分のものと思われる食パンを手に取って、改めてトースターに入れて、こんがり焼いた。今度は病室に戻らず、給湯室でパンが焼けるのをじっと待った。彼女だって、辛いことがあるんだよ、きっと……と思いながら。

翌日も、一番にトースターに放り込んだはずの私の食パンは、シンクの上に置かれ、冷たくなっていた。

退院の日の朝、朝食が済むと、レンタルパジャマを脱いで、緊急入院した日に着ていた衣類に着替えた。そして驚いた。サイズがまったく合わなくなってしまっていたのだ。特にコートは大きく、重く感じられた。靴もサイズが合わず、脱げそうになってしまう。鏡で自分の顔を見ると、相変わらず真っ青だったが、別人のように変わっていた。いや、変わったというよりも、元の自分の顔に戻っていた。子どもたちが驚くかもしれないなと、ふと不安になった。

急いでバックパックに荷物を詰め、背負ってナースステーションに向かった。看護師さんたちにお礼を言い、そしてエレベーターホールへ。途中、ベテラン&フレンズが座る待合室の前を通ったので、ぺこりと挨拶をし、エレベーターのドアが開くのを待ち、中に入ると一階のボタンを高速連打した。

会計で支払いを済ませ、病院の外に出た。久しぶりの外の空気は素晴らしかったが、足元がふらついて仕方がない。自分自身が、とても心許ない。背中のバックパックが重い。一歩進めば呼吸が乱れる。家まで戻ることができるだろうか、戻ったとしても、転院まで無事に暮らせるのだろうかと不安になった。

II

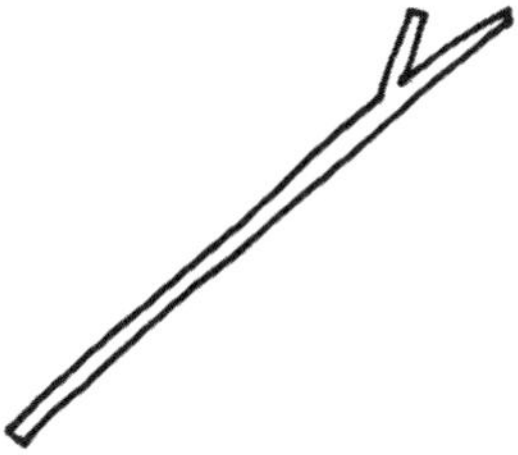

退院後、慣れ親しんだベッドも、洋服も、本も、無理になった話

病院の駐車場で待ち合わせていた夫と落ち合った。背中からバックパックを必死に下ろして車に積み込もうと思ったものの、下ろしたバックパックの重さで体全体が振り回され、ドアにぶつかり、そのまま寄りかかって体を支えるような状態だった。ちょっと待って、外の世界があまりにも厳しすぎるんだけど？　と思った。退院日はとても寒い日で、風がびゅうびゅう吹いている。その風にさえ、体を押されて倒れそうになる。ふてぶてしく生きていた私はどこに行ってしまったのか。これではまるで病人ではないか、いやいや、私は病人であった……と、何度もぐるぐると頭のなかで考えることになった。

重い荷物をなんとか積み込んで、夫の運転する車で家まで向かったのだが、車が揺

れると体にこたえる。三週間以上寝ていた私には、助手席のクッションがあまりにも固く、落ちついて座っていられない。車に揺られて目眩《めまい》がする。首が据わらない。幼児か。椅子に座ることにさえ苦労するという状況は、実はこの先しばらくの間続いた。筋力が衰えていくスピードの速さには、完全に回復した今でも恐怖を感じる。

ある程度今までの生活に戻ることができるのではと期待して退院した私だったが、その期待はあっさりと裏切られることになった。病院から自宅に戻ってまず驚いたのは、玄関ドアがとても重く感じられたことだった。心不全のむくみが抜け、入院前より遥かに身軽になり、心臓の負担が減って体力もそれなりに戻っていると自信を持っていたのに、病院内では通用したことが、外の世界では一切通用しなかった。

健康な人を意識して作られたものはすべて、当時の私には負担だった。戻ったと思っていたパワーは、普通の世界では限りなく貧弱で、頼りないものだった。ドアノブを握った手が、手首が、別人かと驚くほど細くなり、ノブの冷たさが、固さが、心身共にダメージを与えた。こんな世界があったのかと驚き、そして、自分は何も分かっていなかったと悟ったのだ。

動いていなければ呼吸はできる。しかし、一旦動けば思うように肺に空気がはいっていかない。温かい繭《まゆ》のような病院の外の世界に出た途端、空気の限りなく薄い高山に放り出されたようなものだ。寒い、苦しい、肺が痛い。完全復活していたはずの自分が、実は立派に病人なのだという現実を次々と突きつけられ、精神的に追いつめられた。それも玄関ドアが重いだなんて、想像もしていなかった。自分がとても小さくなってしまったように思えたし、実際、私は小さくなっていた。駐車場で私を見た夫が、「なんか、小さくなったな……」とつぶやいたのを、しっかりと私は聞いていたのだ。

ようやく玄関ドアを開け、ゼエハアしながらバックパックを下ろした。荷物は夫に任せて二階のリビングに向かったのだが、階段をスムーズに上ることができない。二段進んでは立ち止まり、喘《あえ》ぐように呼吸し、また二段進んで立ち止まるといった状況だった。酷い目眩がして、倒れそうになった。主治医は確かに、階段には気をつけてください、重い荷物は持たないでとは言っていたが、まさか本当に階段を上ることができなくなるとは想像していなかった。自分は絶対に大丈夫だと思っていた。緊急入院した当日でさえ、平気で上っていた階段が、退院後に上ることができなくなるわけがないと思っていたのに、足元はおぼつかず、浮遊感があり、まったく前に進むことができない。車の運転もしばらくやめるよう言われていたこともあって、退院したとはいえ、私にできることはほぼないと自覚した。

自分が以前とは別の人間になってしまっていることが恐ろしかった。病院から一歩出れば、主治医はいない。優しい看護師もいない。ここで倒れたら私は死んでしまうという恐怖につきまとわれているようだった。常に右手に携帯電話を握りしめていなければ安心できなかった。主治医は転院先の大学病院の初診日を、退院から二週間後に予約してくれていた。それが最速の日程だったそうだ。その二週間のあいだに、体調に異変があればすぐに来てくださいと言われて安心するどころか、とても不安になった。

退院後、慣れ親しんだ
ベッドも、洋服も、本も、
無理になった話

私をよりいっそう不安にしたのは、持たされた大量の薬だった。大きなビニール袋にたっぷり入った薬は、自分の状況の深刻さを表すようで、見るだけで辛かった。辛かったといえば、利尿剤だ。ものすごくよく効く利尿剤を飲むと、外出が難しい。退院直後は何種類かの利尿剤が処方されていたため、トイレに通いっぱなしだった。喉がとても渇くが水分制限も厳格で、どう対応したらいいのかわからない。夜中に何度も起きるし、起き上がると息切れするし、とにかく利尿剤には苦労ばかりさせられた。術後三年半が経過した今となっては、苦労することは一切ないが、当時は落ちつかない日々だった。何ごとも積み重ねであるなと思う(当然、処方量も最低レベルとなっている)。

退院した私を苦しめたことは他にも多かった。まずはベッドだ。入院していた病院ではマットレスの傾斜を変えることができるベッドを使用していたため、筋肉がごっそりと失われた体に痛みを感じることはなかった。しかし、自宅に戻り、慣れ親しんだ自分のベッドに寝転んだ瞬間、無理！　となった。とにかく、腰が痛い、背中が痛い、足が痛い。体を横にして寝ると、下にした方の腕が、足が、痛んで仕方がない。

たった三週間の入院でここまで体は変わってしまう。これには本当に驚かされたし、悲しくもなったのだが、悲しんでばかりもいられない。早速インターネットでベッドを注文しようとパソコンの前に座ったら、今度はおしりに激痛が。オフィスチェアさえ、退院後の私の体には負担だったのだ。

次に驚いたのは、それまで着ていた衣類だ。まず、サイズが合わない。そして重い。コートが重い。セーターが重い。靴も重い。すべてのものが、私には重くなってしまっていた。だから、身の回りのものをひとつひとつ、軽量のものに買い換え、重いものは廃棄していくことになった。ちなみに本も重かったので、この時期から電子書籍やオーディオブックを集め、転院と手術に備えるようになった。ガジェット類もすべて軽量のものに買い換えた。

このようにして、自分の体の変化に対応させて生活様式を変えつつ、大量の薬の管理をしながら、息を潜めるようにして二週間を過ごした。どうにか生きて、不安定な日々を乗り越え、そしてとうとう、転院先の大学病院に向かう日がやってきた。初診に合わせて主治医が大学病院へすべての資料を送ってくれていた。私は何も持たずに行けばいいと言われていた。行って、先生とお会いして、手術のことについて話を聞いてください、きっと大丈夫ですよと言われた私は、不安ながらも、次の一歩を踏み出すことにした……ひとりで。

夫は車で送ってくれると言ったが、ひとりで行くと断った。なんとなく、ひとりでやってみたいと思ったのだ。ひとりで手術を乗り越えることができたら、私は最強になれるかもしれないと無理矢理思い込んだ。

最寄り駅まで、それまでの三倍ほどの時間をかけて歩き、構内ではエレベーターやエスカレーターを駆使して移動した。それでも、呼吸は大いに乱れた。大学病院の最寄り駅に辿りつき、息も絶え絶えにタクシーに乗ると、明るい運転手さんが、「あなた、元気そうなのにどこが悪いの?」と聞いてきた。私はゼエハアしながら、「心臓が悪いんです」と答えた。すると運転手さんは、「なるほど! ここの大学病院には有名な先生がいるんだよね。だから、遠くから患者さんが来るんですよ。北海道とか、東北とか、遠いところからのお客さんをたくさん乗せましたよ。あなたもきっと大丈夫！」と言ってくれた。私は、タクシーの窓から見慣れない景色を見ながら、「本当だろうか」と考えていた。

不運の中のラッキー？〈神の手〉と呼ばれる医師が転院先にいた話

転院先の大学病院での初診数日前、私はパソコンの前に座り、とあるニュース動画を食い入るように見ていた。主治医から「転院先の大学病院の先生ですけど、インターネットに情報がたくさん載ってますよ」と教えてもらい、それは絶対に予習せねばならないと、どきどきしながら検索し、早速見つけて必死に見ていたのだ。

A先生としよう。その動画はとある報道番組の特集映像だった。大学病院を変えた外科医としてA先生を紹介し、その型破りとも言える治療を紹介していた。A先生とチームの噂《うわさ》を聞きつけ、全国から患者が集まるという。清潔で明るい病棟には、A先生を慕って手術を受けにきた患者が多く入院しており、口々に「本当に助かりました」「安心しました」と言っていた。それを見る私の目はきっとギラギラしていたと思う。

私は自分の幸運を喜んだ。自分の家の近くにこんなに素晴らしい先生がいたなんて、私ってラッキー！　と思った。冷静に考えてみれば、生涯二度目の心臓手術を受けなければならないという運命にラッキー要素は限りなく少ないのだが、一度最低まで落ちたメンタルは、わずかなプラス要素も見逃さないモードに入っていた。私は何ごとも自分に都合のいいように捉えるのが得意な人間だ。どんな不運も無理矢理プラス方向に引っ張っていき、大丈夫だと思い込み、精神の安定を図る傾向が強い。このときもたぶん、そういうことだった。

特集映像のなかで、A先生は「神の手」と紹介されていた。他の病院で治療ができないと断られた患者でさえ、受け入れ、そして救ってきたということだった。私はいたく感動してしまった。私の場合は治療ができないと断られたわけじゃないから、希望が持てるなと勝手に納得した。映像を見続けていくと、病名を申告され、ショックを受ける患者と家族に対して、A先生がこう語りかけるシーンがあった。

「心臓病と診断されたり手術となると、死刑判決や有罪判決くらいショックを受けるでしょ、人間は。でも、心臓はもちろんのこと、体が元気になり、さらにそこから立ち直って、はじめて治療に意味がある。不安だと思うけど、大丈夫。任せてください」

私は感激のあまり、両手で口を押さえて、押さえつつも「素晴らしいっ！」と叫んでいた。そして、この先生が手術してくれるのか、ラッキー！　と再び思って、いやいやいや、不運の中のラッキーだからと考え直した。それでも、この映像を見たことでかなり勇気づけられたのは間違いない。

そんなこんなで、ありとあらゆる事前情報を頭に叩き込んで挑んだ初診日だった。大学病院最寄り駅からタクシーに乗った私だったが、病院入り口でタクシーを降りた瞬間、いきなり呼吸が苦しかった。重力が倍になったように感じられたのは、車を降りるという単純な動作でさえ、その時の私には負担だったということだろう。ヨロヨ口と建物内部に入ったが、初診の際に行くよう伝えられていた患者支援センターまでの道のりが遠い（実際には入り口正面ぐらいの位置にある）。遥か彼方にあるように見えるその場所まで、ゆっくりと歩いた。歩きながら、この空間で私だけ歩みが極端に遅いのではと気になった。周囲は私の倍のスピードで動いている。私の周りだけ時空が異なっているようだった。

ヨロヨロと手続きを済ませ、ようやく心臓血管外科の受付に向かうことになったのだが、果たしてこの状態で階段は上ることができるだろうかというちょっとした好奇心で、よせばいいのに階段を上り、途中で動けなくなった。横を高齢のおばあちゃんがスイスイ移動していく。これはもう、本当にダメなのだなと、そのときはっきりと理解した。理解していたつもりだったけれど、その時点でも私の認識は甘かったと思う。そして突然怖くなった。

壁に寄りかかるようにしてゆっくりと心臓血管外科外来に行くと、多くの患者が椅子に座って静かに待っていた。多くは高齢者だったが、中には私ぐらいの年齢の人たちもいた。ヘルプマークをバッグにつけた人も数人いた。ここにいる誰もが心臓に何らかの疾患を抱えているのだと思うと、不思議とうれしく、突然仲間が増えたような気持ちになった。

五分も待たずに名前が呼ばれ、とうとうA先生の待つ診察室に入った。体が斜めになりつつ入ってきた私をA先生はピッカピカの笑顔で迎え入れてくれた。デスクの上に置かれた資料はたぶん、私の主治医から送られてきたものだろう。モニタには様々な情報が映し出されていた。きっと、私が受けた検査結果などが表示されていたのだと思う。A先生は私を見て、「どうですか？　普通の暮らしはできますか？」と聞いた。

普通の暮らし？

私の答えは一択だった。

できません。もう階段を上ることとさえ、困難です。

するとA先生は「そっかあ……」と言い、「あなたのケースは手術できます。助けられると思います。どうなさいますか？」と単刀直入に聞いた。私も即座に「お願いします」と答えた。するとA先生はスケジュール帳を開き、「えーっと、それじゃあこの週の、この日ね！」と明るく、あくまでもカジュアルに手術日を決定し、そして「がんばりましょう。大丈夫、僕らに任せてください。絶対に治すからね」と言ってくれたのだった。そして私は、A先生とがっつり握手し、「何が起きているのだろう」と考えながら、診察室を後にした。

私の長い人生で、こんなにも重い決断が、こんなにも明るく下されたのは、最初で最後ではないだろうか。私も拍子抜けし、同時に「それじゃあ頑張るしかないな」という気持ちになった。

この瞬間から、二度目の開胸手術が私にとって現実的で、唯一の選択肢となったことを本当の意味で理解できたのだと思う。

退院する日、私はこの〈王将〉で餃子を食べる！と誓った話

主治医にようやく診察してもらうことができ、手術日まであっという間に決まってしまった。あまりの展開の早さに、診察室から出て待合室で茫然《ぼうぜん》自失の状態で座っていると、女性職員が資料をたっぷり持って現れた。あくまで明るくテキパキと、私に資料を渡しながら、入院時の注意点を伝えてくれた。彼女にとってはきっといつもの業務に違いない。何度も繰り返していることだから、スムーズにできるのだろう。それが私を勇気づけてくれた。私と同じようにここで手術をする人が大勢いるし、今までも大勢いたのだろう。私はそのなかの一人に過ぎない。特別でもなんでもない。だから、私はきっと大丈夫だと思った。

『心臓血管手術を受けられる方へ』『入院持ち物チェックリスト』『入院説明書』『入

院のご案内』、これらの資料すべてを私に手渡しながら、「特にお忘れになっていただきたくないのは、こちらなんですね」と言い、「心臓血管外科へ入院される患者さんへ」と書かれたＡ４サイズの紙を見せてくれた。

「手術のときと、手術後のリハビリに必要なものが書いてあります。これを、入院当日までに必ずご準備していただきたいのです。一階に店舗がありますから、病棟に入る前にご購入くださいね。もしよかったら、今日、買って帰って頂いてもいいですよ。一階のコンビニの近くにお店がありますからね」

私は茫然自失のまま、手渡された紙を見た。そこには、

●ボリューメトリックエクササイザー

●術後パットマルチ（Ｔ字帯とパッドが一体となったもの）

と書いてあった。

なんだろ、このボリューメトリックって……。手術後の肺炎予防のために使用すると書いてある。象の鼻のようなものがついた機械で、見たことも聞いたこともない。

職員さんは、肺活量について説明してくれていたが、私の耳にはあまり入ってこなかった。というのも、ボリューメトリックエクササイザーの横に、術後パットマルチはT字帯と書いてあったからだ。T字……うわあ、それやだなあ、誰かに買ってもらうのはつらい。amazon で買うかな、いやいや、医療機器販売所で買えと書いてあるなぁと、このように私のあたまの中では憂鬱《ゆううつ》な考えがぐるぐると回っていたのだ。しかし、命がかかった状態で、T字帯がつらいとか言っている場合ではない。すべて乗り越えて生還しなくてはならないのだから。今更何がつらいというのだ、いい加減にしろと心のなかで自分を叱責した。そもそも、二回も心臓手術が必要な私の運命自体がつらいし、ひどいし、ややこしい。細かいことなど気にしていられるものか。T字帯だとしても。

私は職員の方にお礼を言うと、よっこらしょと立ち上がって、外来廊下を歩きつつ、病院内の雰囲気を見て回った。光が差し込み、明るい。清潔で、広々としている。窓からは多くの緑が見える。ヘルプマークを鞄《かばん》につけた男性が横を早足で通り過ぎる。待合室に座っている人たちに悲壮感はない。ここだったら好きになれそうだ。ここだったら、楽しく過ごすことができるかもしれない。一番上の階にはレストランもある。近江牛のハンバーグを出しているそうだ。手術は嫌だが、どうせだったら少しは楽しみたい。そう思いながら、エレベーターに乗って、一階へ向かった。プラス思考過ぎる。

エレベーターを降りてしばらく一階を探索した。図書室、コンビニ、タリーズコーヒーがある。何から何まで揃《そろ》っている印象だ。購入せねばならないボリューメトリックエクササイザーと術後パットマルチを販売している店舗も発見した。いますぐ買ってしまおうかと一瞬思ったが、やっぱり入院当日にしようと思い直し、コンビニでアイスコーヒーを買い、会計を済ませ、病院を出た。

タクシーに乗り、最寄り駅に到着して、しばらくバス停の看板に寄りかかり、呼吸を整えた。体が重い。両脚が地面に引っ張られているようだ。座りたいのにベンチは遥か遠くに一か所あるだけだ。バス停の看板に寄りかかったまま数分過ごし、ようやくまっすぐ立ち、駅前のファストフード店に行こうと思うも、足が前に進まない。あそこでハンバーガーを買って帰れば、子どもたちが喜ぶのではと、この期に及んで考えていたのだ。自分をかわいがろう、こういうピンチのときは。

とにかく慌ててしまった。自分の体がまったく思うように動かない。呼吸も乱れる。視界がどんどん狭くなってくる。ちょっと待って、どうしよう。家まで無事に帰ることができるのか。もしかしたら、このまま倒れて心臓が止まってしまうのではないか。私の命もここまでか！　そう心配しはじめると、心にじわじわと不安感が、それも、黒くて、重い不安感が広がってきた。恐怖で顔が真っ青になっていくのが分かった。両手を見ると、真っ白だ。ダメだ、このままでは倒れる。倒れたらダメ、何もかもお終いだ。

私は泣きそうになりながら深呼吸して、長く息を吐き出し、そして両目を見開いてしっかりと前を見た。大丈夫、絶対に大丈夫。何度も自分に言い聞かせた。絶対に家に戻る。戻らなくてはならないのだ。悲壮な決意を固めつつ、よろけながら立っている私の目の前には、王将の店舗があった。大きな赤い看板に白い文字で、「王将」。私はその王将の文字をじっと見つめながら、手術が無事終わり、退院するその日、私はここで一人で餃子を食べる、絶対に……と心に誓って、ゆっくりと歩きはじめた。

いつもの何倍もの時間をかけて移動し、家に到着した私は、ベッドに倒れ込み、しばらく眠った。この日はこれ以上何もできず、寝ていることしかできなかった。一人で静かに寝ていると泣けてくるから、病院でもらってきた資料を読み込んで、「絶対に負けない」と繰り返し考え、実際にそうつぶやいて自分を励ました。

闘病の本番の始まり。今回は自由に入院生活を送ると決めた話

手術のため大学病院へ入院した日、私は懲りずに一人で病院までやってきていた。初診の時は家に戻る途中で歩けなくなったので、入院当日は病院入り口ですべての荷物をカートに載せ、そのカートにすがりつくようにして、ゆっくりと歩いて病棟に向かった。

病棟に繋がるエレベーターまでは、入り口から少しだけ距離がある。多分、健康な人にとってはわずかな距離だろうが、病人で歩くことが精一杯のその日の私には、遥か遠くに思えた。途中、コンビニや図書室があり、多くの人が忙しそうに行き交っていた。自分だけ動きが遅いことが気になりつつも、コンビニで必要なものを少しだけ買い求めることにした。非日常の空間のなかの、完全な日常。外の世界と唯一繋がる

場所。病院内のコンビニの存在に、心慰められる日が来るとは夢にも思っていなかった。

人の多い賑《にぎ》やかなエリアを抜けると、まるで「ここからが本番です」と言わんばかりの静かな空間に到着した。エレベーターホールだ。早速エレベーターに乗りこみ、目指したのは循環器内科心臓血管外科だった。エレベーターは私一人を乗せ、あっという間に三階に辿りついた。とうとう、辿りついてしまった。ここからが、私の闘病の本番というわけだ。

開いたドアの左手に、大きな自動ドアの入り口があった。ドアの横にはCardio-vascular Medicine　Cardiovascular Surgery（循環器内科　心臓血管外科）と書かれたパネルが設置されていた。一応翻訳家なので、どうしてもそこに目が行ってしまい、「綴《つづ》りが難しい！」と考えたのを記憶している。

その大きな自動ドアを抜けて、cardiovascular, cardiovascular……と、唱えつつ病棟に入ると、長くて明るい廊下が、病棟のずっと先まで伸びていた。その廊下を少し歩くと、右手にナースステーションがある。一人でカートを押しつつゆっくりと進んで行くと、長身の女性看護師が出迎えてくれた。

「お一人ですか?」と少し驚いたように言ったけれど、私がそうですと答えると、それ以上は何も聞かれなかった。普通、こういう大きな手術の時は、家族が連れ添って、なんとなく全員がそわそわしながらここを通り過ぎるのだろうなあと想像した。そんなそわそわした人を明るく出迎える役がきっと彼女で(彼女はそんな陽気な雰囲気を湛《たた》えていた)、普通はここで、「こんにちは! ようこそ!」と笑顔を見せてくれるのだろう。そんな入院セレモニーが今日も繰り広げられるはずだったのに、登場したのはヨレヨレの女一人である……なんだか申し訳ありません。

彼女に病室へと案内された私は、一気にテンションを上げた。パソコンの使用は個室に限定されていたので、今回も個室でお願いしていた。三週間にわたってお世話になる個室は、想像以上に広くて、とてもきれいだった。総合的に考えると全くラッキーな状況ではないが、この部屋についてはラッキーだと思った。窓際にはソファまで設置されているではないか。学生の時に住んでいたボロアパートの一〇倍はきれいだと感激した。病気とはいえ、いい部屋に入っちゃったな〜とうれしくなった。

早速電源の位置を確認する。仕事をする気満々というか、連続ドラマを観る気満々だった私は、枕元のコンセントを見て、「ヨシ！」と思った。そんなことを思っている場合と違うと思うのだが、とにかく私は、この部屋で過ごす三週間を、より快適で、より明るく、そしてより自由なものとしたかった。一回目の手術をした七歳の頃は、とにかく何をすることも禁止されていた。すべてが看護師と医師と両親によって管理された入院生活は、守られているという安心感と同時に、強い閉塞感があった。それを思い出し、今回は自由に闘病させてもらおうじゃないかと心に決めていたのだ。

個室で荷物を片付けていると、明るい雰囲気の担当看護師Nさんが入ってきた。退院するその日まで、私を担当してくれるという。年齢はたぶん、私より少し下といった感じの女性だった。優しそうだし、テキパキしているし、なんとなく気が合いそうだ。持ってきてくれたパジャマの礼を言い、血圧を測ってもらい、「どうぞよろしくお願いします」と声をかけた。これはなんだかラッキーだぞと思った。七歳の時に担当してくれた看護師さんは、かなり怖い人だったからね。

次に病室にやってきたのは、K先生だった。私の三人の担当医のなかの一人だという。若い男性で、気さくな人だった。「これから検査が続きますんで、頑張ってくださいね。まあちょっと今は大変ですけど、大丈夫ですから！」と、これまたとてもカジュアルで明るい雰囲気で言い、「それじゃ！」と言って、片手を上げて去って行った。

私は一気に明るい気分になった。一人でふらりと現れても大丈夫な病棟。「ま、大丈夫ですから！」と言ってくれる医師。もしかしたら私、この病棟ではそこまで病人でないのかもしれないと考えた。そうだ、そうに違いない。なにせ全国から患者さんがやってくると言われている病院だ。そのなかには、他の病院で断られるほど重症の人もいるだろう。私なんて歩いてここまでくることができているんだし、直ちに転院！　というほどの症状でもなかった。きっと大丈夫だ。

なんとなく明るい気分になって、看護師さんから手渡されたパジャマに着替えて、ベッドに座った。窓から見る空はとても青くて、きれいだった。四日後に手術を控え、怯えるどころか清々《すがすが》しい気持ちになっている私だった。一週間後には地獄が待っていたというのに……。

心臓が止まる寸前だったという事実を聞いても、完全に落ちついていた話

入院患者が暇かというと、そうでもない。特に、手術のわずか四日前に入院した私のところには、病室に入った直後から、次から次へと医師や病院スタッフがやってきた。

忙しそうに病室に入ってきた三人の担当医の最後のひとり、O先生はとても印象的だった。風のようにやってきて、「大丈夫ですんで、任せてください」と言い、風のように去って行ったが、なにやらものすごく強そうな人だった。運をすべて味方につけているような印象があった。なにをやっても負けないタイプの人かもしれないなと考えた。

O先生が去ったあと、初診のときに話をしたA先生が、きさくなK先生を伴って病室にやってきた。ビシッと糊《のり》のきいた白衣は、裾《すそ》までシワひとつない。白衣の下にはワイン色のセーター、黒いスラックス、黒い革靴（ピカピカ）。病室の壁に寄りかかり、腕を組み、微笑《ほほえ》みながら、「君の心臓、あまり動いてなかったね」と言った。右手をすっと顔の前に出して、人差し指と親指をわずかに動かして「これぐらい」。横でK先生は、うんうんと頷《うなず》いていた。この様子は、今でも鮮やかに脳内で再生できる。

「びっくりしちゃったよ、なあ?」とK先生に問うA先生。K先生は、「そうっすね」と頷きながら答えていたと記憶している。K先生は、かなり深刻なレベルだったと説明してくれたし、A先生も、「間に合ってよかった」と言いつつ検査結果の詳細を私に説明してくれていたのだが、私はといえば、二人の医師の詳細な説明が、半分も頭に入ってこない状態だった。本当に危ないところにいたのだと改めて認識しつつも、心のなかの心配スイッチを切ることに成功していたからだ。

物心ついた頃から心臓病だ、病気だ、大変だと周囲に言われ続け、入院ばかりして

心臓が止まる寸前だったという事実を聞いても、完全に落ちついていた話

いた私は、いつの間にか自分の感情を凪《なぎ》にする技を身につけていたように思う。極限まで追いつめられると、すべての感情が完全にフラットになる。つらいことなど、この世には存在しないかのような心理状態になる。これは今現在でもそうで、どうにもこうにも抱え切れそうにないほどの事件が起きると、ツー、ツー、ツー、ただいまおかけになった電話番号は、現在使われておりません……という音声案内が繰り返し脳内で流れる状態になる。そこまでくると、まったく感情が揺れなくなる。心配スイッチは完全に切れ、今度は闘争スイッチが入る。体がどんどん動くようになる。ひどく混乱してしまった状況を、頭のなかできっちりと順序立てて、ひとつひとつ処理していくことができるようになる。この難解なゲームをクリアしてやろうじゃないかという気持ちになるのだ。

このときも、心配スイッチは明らかに切れており、心臓が止まる寸前だったという衝撃の事実を聞いても、完全に落ちついた状態でいることができた。

「でもね、前の病院の先生がとてもしっかり検査をしてくださっている。よく診てくれていてね。薬もちゃんと出てるし、状態も安定してる。だから、大丈夫だよ。安心

して手術まで安静にしててくださいね」と、A先生は言うと、私のパソコンを見て、「あまり仕事しちゃだめだよ」と言い、ニコッと笑って病室を去って行った。K先生は、「ウス」みたいな声を出して、A先生の後ろを歩いて出て行った。

ひとり、病室に残された私は、ベッドに寝転んで、ぼんやりと考え事をしていた。大人になってからの入院は、そう悪くはないなと穏やかな気持ちになっていたのだ。子どものときは、とにかくなにからなにまでがんじがらめの状態で、医師や看護師の言うことは絶対だった。もちろん、優しくしてはもらったが、当時の私にとって入院は罰のようなものだった。大人になった今は、広々とした病棟内で、どこに行っても叱られることはないし、インターネットにも自由にアクセスできるし、おまけに病院食も美味しいではないか！　ここにいると、すべてをギブアップして手放しても、なにも起きない。むしろ、なにもかも手放した状態が、患者としては満点なのだ。

弁膜症が発覚する前の私は、とにかく走り続けていた。一度も止まらず、脇目も振らず、すべてを背負いながら、突っ走っていた。そんな自分を思い出しながら、私はずいぶん大きな間違いをしていたのだろうと悲しい気持ちにもなった。でも、人生って不思議なもので、大きなピンチのときに、出会うべくして出会った人に助けられることがあるのだ。それが今の私の状態なのだと納得して、自分の幸運に感謝した。心配スイッチは、手術当日まで、完全に切れた状態だった。完全に切れ、まったくの凪状態のまま、私は手術を待っていた。

そしてとうとう、手術の日はやってきたのである。当日であっても心配スイッチを完全に切ることに成功していた私は、平常心で病室のベッドに座っていた。怖くもなかったし、悲しくもなかった。とにかく、やるしかないと心は決まっていた。だから落ちついた状況で身支度を調え、手術室まで車椅子で向かい、大きな鉄製の自動ドアの前で夫と別れ、そして手術室に入った。とても広い手術室で、真ん中に十字架のような手術台が置いてあって、そこに寝るように言われた。想像していたよりも殺風景な場所だった。麻酔医に「それでは今から麻酔をします」とじっと目を見つめながら言われ、「もし死んだら、この人の顔が、私が最後に見る顔になるんだろうな……」と思ったのが最後だ。それ以外は何もわからない。

次に目覚めたとき、私がいたのはモニタが並ぶ白い部屋だった。目の前にステンドグラスのような、きらきらとした美しいものが見えていた。近くにいた人に、「いま、何時ですか?」と聞くと、「夜中の二時ですよ」と答えてくれた。「あのステンドグラス、なんですか? 教会?」と聞くと、「ああ、あれはモニタ」と答えてくれた。次に目覚めたときは朝で、「村井さん、起きてください!」と大きな声で揺り動かされてはっと意識が戻った。

「ちょっと体を起こしますね」と言われ、ベッドの背のあたりが動いて、座る状態になった。その時だ。はじめて自分の状況を確認した。体から出ている管の数が多すぎる。お腹に何か刺さっている。首にも何か刺さっている。とりあえず、めちゃくちゃに刺さっている。背中が重い。全身が痛い。でも、意識はどんどんクリアになって、すべての状況を飲み込むことができた。ざあっと頭から血が下がり、周囲の状況がすべて見えるようになった。看護師さんが眼鏡を手渡してくれた。眼鏡をかけた瞬間、完全に起きた状態になった。

私はいま、ICUにいる。よし、成功だ。そんなことを考えていたら、目の前にいきなり朝食が運ばれてきた。「食べてくださいね」と言われても、「いや無理」としか思えなかった。しばらく呆然として座っていると、少し遠くから、起きた？ どう？ みたいな声が聞こえてきて、医師たちがドヤドヤとやってきた。担当医、研修医、なんだかとても若い学生のような人、とにかく大勢の人がガヤガヤとベッドの周りに集まってきた。

みなさんが口々に、よかったですね！ よし！ 元気だ！ 抜くぞ！ さあ戻るぞ！ と言いだし、よくわからない混乱状態のなか、首の管がズバッと抜かれ、お腹のワイヤが別の機械に再接続された。その後すぐに立たされ、車椅子に乗せられ、お世話になりましたと言うタイミングもないまま病室に戻され、呆然としてベッドに座っていると、いつの間にかリハビリの時間となっていた。戻って、即リハビリとは！ これは何かの修行ですか？

とにかくあっという間の展開だった。さあ村井さん、立ってみてください！　と、若いリハビリ担当の男性に言われ、「冗談でしょ」とかすれる声で答えたのだが、まったく冗談ではなかった。

「だいじょうぶ、いけますよ。立ってください」と言われ、私は仕方なく立った。ものすごい目眩だったが、なんとか数十歩、歩くことができた。心臓手術の翌日に、私は歩いていたのだ。自分でも信じられなかった。こんなことができるのか。人間ってすごい!!　現代医療の奇跡！　しかし呼吸が続かない。廊下の鏡に映った自分の顔が蒼白《そうはく》で、やつれていて、驚いてしまった。リハビリ担当の男性はそんな私を見て、「じゃあ、今日のところはこれで終わります。でも明日はもっと歩きますよ」と厳しく言ったのだった。つらい。それでも自分の状態になぐさめられた。私は生きている！　歩いている！

胸骨をノコギリで切ったのに、手術翌日から歩くなんて無理でしょ、と思った話

それにしても、ばっさり切られたばかりの傷が痛かった。いや、傷というか、骨が痛かった。胸骨を切り開いて行われた心臓手術で、それを想像するだけで卒倒しそうだった。実際に、私の胸骨は切り開かれていて、その傷のあたりは全体が腫《は》れて、とんでもないことになっていた。痛いというか、なんだこれは!? の状態なのだ。

術前のインフォームドコンセントの席で、執刀医のO先生が、「ノコギリみたいな器具で切ります！」のようなことを、元気よく言っていた。確かに、切られている。これは骨を切られた痛みだ。あまり経験したことのない痛みだ。重苦しい、気力を根こそぎ削ぐような、とんでもない痛み。このまま長い眠りについてしまいたいと心の底から思ったほど体が重かった。意識を失っていたほうが楽だった。

術後はなるべく起きているように言われていた。手術の翌日から、しっかり歩く。まだ若いのだから、ベッドに横たわらずに、座って肺を広げて！　そして胸一杯に空気を吸い込んで！　手術前は、わかりましたと元気に答えていたが、術後になってみると、その厳しさが理解できた。無理でしょ、そんなこと言われても。寝込んじゃダメです、可能な限りベッドに座っていてくださいねと繰り返し言われるたびに、なんだか卑屈な気分になっていた。言うのはカンタンだけど、こっちは大変なんです。なにせ、手術したんだからね!!　この苦しさをどうすればいいっていうの？　みんな、切られてないからそんなこと言えるんだよと、暗い目をしていた。

そんなねじれた感情を抱えつつ、まんじりともせずベッドに座って窓から外の景色を見ていると、明るいK先生がカジュアルな感じで部屋に入ってきた。「痛み、出てきてます？」と、明るく聞くのだ。ＩＣＵにいたときには、痛みは一切感じていなかった。それは麻酔がしっかり効いていたのだと思う。しかし、首に刺さっていた太い管を抜いたあと、体に感覚が戻ってきているのは薄々理解していた。お腹から出ている二本の太い管が、とても重く感じられる。心臓の横に留置されているというその管（ドレーン）の存在感が大きすぎて、もう無理。体の中に異物が入っている違和感はたとえようもない。「痛いです。すっごく痛いです」と訴えた。

痛み止めの注射を打ってもらうと、しばらくは楽だった。しかし、痛みが薄れ意識がもうろうとすると、目の前の病室の壁にひっきりなしに文字が流れてくるようになってしまった。壁の右端から、ゴシック体の文字が、ありとあらゆる大きさでとめどなく流れてくるのが見える。流れてくるはずのない文字を目で追いながら、ぼんやりと、なにが書いてあるのだろうと考える。そのうち、キーボードを叩く音まで聞こえてきた。こんな時まで仕事が気になるとは……。

こうやって夢を見ている間は体が楽だった。寝ているのか、それとも起きているのかわからない状態で、次々と現れる文字を読んでいるだけでよかった。しかし、徐々に意識がはっきりしてくると、心臓の横に留置されているという管の存在にどうしても悩まされるようになる。あまりに大きな違和感。あまりの痛み。ときどき、その管の先につけられた袋状のプラスチック部品をシュポシュポしに看護師さんがやってくる。シュポシュポされると驚くほど痛い。そうやって、体内にある血液を抜くのだという。怖すぎるではないか。

こんな状態で苦しみながら術後二日目となり、少しは楽になるかと思いきや、どんどん痛みは増し、気力はとことん奪われた。私はどちらかというと明るい性格だと思うが、術後二日目の朝、医師団が大勢病室にやってきた時は、完全に無言の状態で、主治医で一番偉いA先生が華麗に病室に入ってきたというのに、ニコリともしなかった。するとA先生は、んまあ！　という驚いた表情をして、「ああ、かわいそうに！」と言った。「もう、これ、抜いちゃおう！　もう大丈夫だ、彼女は大丈夫だよ！　抜いたら楽になるからね」と一気に言って、風のように去って行った。おもしろい人だなと、ぼんやり思った。

なにがなんだかわからないまま、病室に残された私のところにいつものK先生が一人で戻って来た。手に金属のトレイのようなものを持っている。そしておもむろに、

「それじゃあ抜きますね」と言いつつ、私の心臓の真横に留置されているという二本の太い管を、ズバッ！　と抜いた。「いたあああああ！！！！」と叫んだ私に対して、「はい、痛いっす！　これは痛いです、ハイ、終わりです！」と言うと、引き抜いた管をくるっとまとめてトレイの上に置き、そそくさと病室から出ていった。

確かに、管を抜いたら、あっけないほど痛みは薄れ、全身の倦怠感《けんたいかん》も抜けていった。とても不快なものが体から出ていったような感覚だった。それと同時に、食欲も出てきた。気持ちも徐々に上向きになった。気力が戻って来ていることがはっきりとわかった。自分の気持ちの大きな変化に、体のなかに異物があるということの辛さを、ことんまで理解できたような気がした。

「バッチリっす！　痛みを我慢する必要ないです」と主治医に言われ、積年の恨みが消え失せた話

痛みに対する考え方は、近年、大きく変わりつつあるように思う。私が七歳で手術を受けた時、痛みはすべて我慢するものだった。特に、子どもはそうだった。なぜかというと、痛いのは仕方がないことだからだ。痛いということは治っていることだからだ。とてもいいことなのだ。そう説明された記憶がはっきり残っている。それに科学的根拠があったかどうかは、微妙だと思うのだけれど。

時代と言えばそうなのだろう。あの頃、病気で体育の授業を休むことは完全なる「甘え」として受け取られていた。母がいくら担任の先生に手紙を書こうとも、体育の授業を休むことは許されなかった。当然、朝のマラソンもそうだ。元気な生徒はなぜか上半身裸で走っていた。真冬でもそうだった。どうかしていると、当時の私は考

えていたし、毎日見学させてくれと諦めずに頼み、そして却下されていた。嫌々走るから、それが態度に出ていたのだと思う。特に苦しいというわけでもなかったが、大人への反抗心が強く、ゆっくり、だらだらと走っていた。どうしても他の生徒から遅れる私を、担任の先生が叱責した。

「サボり癖がついているから遅いんだ！」

きっと先生が悪いわけじゃない。先生もそのような環境で育ち、そして町全体がそういった雰囲気だっただけのことだ。当時の私にとっては、窮屈で、乱暴で、陰湿な雰囲気の漂う、寂れた町だった。夕焼けの色だけが、どんな赤よりもずっと濃い赤だった。今となっては郷愁を誘うそんな光景も、当時の私には怒りを象徴する赤としか映らなかった。とにかく、私にとっては地獄のような場所だった。

私が生まれ育った港町では、子どもは元気に遊び、学び、大人は朝から晩まで働くのが最も価値のあることだった。だから、病弱の子どもが少しぐらいの体調不良で学校を休むなんて、けしからんことだった。心臓手術を経験していただけではなく、片頭痛持ちだった私の、小学校高学年の記憶はこれ以上ないほど闇に包まれている。激しい頭痛を訴えても、大人は「子どもには頭痛なんてない」の一点張りだった。「痛くても我慢しないと治らない」も、お決まりのセリフだった。だから私は痛い頭を抱えて、机に突っ伏して、なんとか耐えていた。頭も痛いし、手術跡も痛い。痛いところを抱えた私に、大人はなんの手助けもしてくれなかった。親も先生も、誰もわかってくれなかった。私にあったのは学校に行かないという選択肢だけで、朝、ランドセルを背負って家を出ては、近くの公園で時間を潰《つぶ》していた。あの頃のことを考えると、一気に暗黒モードになってしまう。とにかく、最悪だった。

「あの頃は本当に最低だったんですよ」……こんな私の恨み辛みを、腕を組んで頷きながら聞いていた主治医のK先生は、そんな私の言葉に対して、「なるほど～」と言った。

「たぶんそれは、成長に伴う痛みだったんでしょうねえ～。長い間苦しんじゃったんですねえ。うーん、大変でしたねえ。でも今回は大丈夫っす、痛かったら遠慮なしに言ってくださいよ！　バッチリっす！　痛みを我慢する必要ないですし、今はいい薬がたくさんありますから。それじゃ！」

めちゃくちゃあっさりだった。だから私も、「あ、はい」と答えて、なんとなく明るい気持ちになった。四〇年超にわたって私の心のなかでマグマのように煮えたぎり、沸き上がり、幼少期のかけがえのない優しい思い出まで焼き尽くそうとしていた積年の恨みが、「バッチリっす！」のひと言で一瞬にして消え失せたかのようだった。時代だ。それでいいな。嫌なことは忘れよう、めんどくさいから。

この日以降、私はまったく遠慮なしに、痛ければ痛いと言い、そう訴えればすぐに処置をしてもらえる幸せを噛みしめた。実際、術後一週間が経過すると、座っているだけであれば痛みはほとんど感じないほどに回復していた。信じられないことだった。もちろん、時折痛み止めは必要だったけれど、私が手術前に想像していた壮絶な術後イメージからは、あくまで私のケースだけれど、ほど遠い状況だった。心臓手術後がここまで楽でいいのだろうかとさえ思った。そして、胸骨の痛みに関しては、術後数か月で感じることがなくなり、今はまったくない。

私よりも年上の患者さんが多い病棟内で、顔見知りになったおじいさんとよく話をするようになったのは、思いがけず痛みが少ない術後の入院生活に、少し退屈してきた頃だった。

手術翌日から心臓リハビリははじまっていた。胸に巨大なガーゼを貼られた、手術したばかりのヨレヨレの人たちが集まって、バイクを漕《こ》いだり、体操をしたりするのが心臓リハビリで、一日一時間程度、休み休み、様子を見ながら行われる。どれだけスパルタなのかと思うのだが、実際には、この心臓リハビリは術後の回復のために非常に大切なプロセスらしい。私も、一日も休むことなく通い続けた。ヒマだったということもあるが、リハビリ室で出会う同じ病気で手術したばかりの人たちに、特に私よりも年上の人たちに会うのが楽しかったからだ。だってみんな、とても優しい人たちだったから。それに、不安をわかち合うことができるのは、なによりその時の私をなぐさめてくれた。

そのおじいさんは、私の横でバイクを漕いでいた。一緒にバイクを漕ぐ私たちの目の前のテレビに映っていたのは春の選抜高校野球大会だった。カキーンという心地よい、バットの音。外の世界では、何もかもがいつも通りだ。高校球児の姿がこんなに眩しく見えるなんてと思った。私がぼんやりテレビを見ながら足を動かしていると、おじいさんが話しかけてきた。


「あんた、手術、したんか？」

「はい、しました。僧帽弁閉鎖不全症で」

「そうか。わしは手術できひんかった。年が年やしな」

「……そうだったんですね」

「あんたまだ若いんやから、人生これからやで。がんばりや」

「あ、はい……」


こんな時に限って、何も言えない私だった。でも、おじいさんの、とてつもない心の広さと、優しさは十分感じとっていた。

「家に戻っても、無理したらあかんで。休みながら暮らせばいい。無理はせんと、自分を一番大事にな」

そんなおじいさんの言葉を聞きながら必死にバイクを漕ぎ、絶対に回復してやると涙目で誓ったのだった。

命がけで手術をするほどこだわっていた世界に、突然戻りたくなくなった話

術後二週間ほど経過した頃からだったと思う。自分の体がどんどん変化していることに気づき始めた。朝起きて、顔を洗う。洗った顔を鏡で見る。そして、毎朝驚くのだ。なれ親しんでいたはずの本当の自分の顔、しばらく目にしていなかったから、うっかり忘れかけていた私の顔。緊急入院した時も同じように感じたが、手術後の変化はその比ではなかった。まさにトランスフォームだった。

目覚めて鏡を見るたびに、そこに昔の顔がある。これは単純に、むくみが解消されてきていたこともあるけれど、とにかく顔色が違う。術後二日で病室にやってきた夫は、私の顔を見るなりぎょっとしていた。私がヨレヨレだからぎょっとしたのもそうだったらしいが、あまりにも顔色がいいので、心底驚いたらしい。だったらそれまで

の私はどうだったのかと言いたくもなったけれど、この変化は自分でも十分に感じ取っていた。確かに、顔色がとてもいい。一気に一〇歳ぐらい若返った気がした。

大きく変わったのは顔色だけではなかった。両手だ。明らかに動かしやすくなり、ぎゅっと握っても違和感がなかった。手術前はむくみがひどく、手を握ると痛いほどだった。それが、術後すぐに、指自体の動きが軽やかになるのを感じたのだ。体調がよかった頃の自分の指が、手が、しっかりと戻って来ていた。こうなってくると、うれしくてたまらなかった。メールを書いてもタイプの速度が違う。これこれ、この感触！　キーボードの上を滑るように、軽やかに動いてくれる私の指！　魔法のようなブラインドタッチ!!

次に私を喜ばせたのは、足だった。明らかに一回りぐらい小さくなっていた。倒れる数か月前から、ブーツやウォーキングシューズが突然窮屈になって、年を取るってこういうことなのねと勝手に納得していたが、当然、徐々に悪くなる心臓とともに、両足さえもむくんでいたようだ。術後、徐々に元のサイズに戻った足を見て、新しい靴を山ほど揃えようとうきうきな気分だった。試しに、入院したときに履いていたスニーカーを履いてみると、明らかに履きやすく、窮屈な感じは一切しなくなっていた。ベッドに座って、スニーカーを履いた足を揺らしてみると、脱げてしまいそうだ。自分の両足をまじまじと見つめて、ああ、確かにこの足だったなあとしみじみとうれしかった。久しぶりに自分の足首を見たような気がしていた。足首もやっぱりあったなあと、当たり前のことに心を打たれた。

あまりにも高く、険しい山を越えた先には、美しい花が咲き乱れる草原があった……そんな気分だった。何をしても自分にとっては新鮮で、驚きの連続。すべてが美しい。重い鎧を脱ぎ捨て、軽くなった体に、戻って来てくれた私自身に、次のフェーズに入った自分の人生に、感激するばかりだった。でもこの興奮状態はそう長くは続かなかった。多幸感がピークを迎えると、今度は大きな不安感に苛まれるようになった。いきなり上がると、いきなり下がる。教科書にあるような、典型的な気持ちのアップダウンを経験したのだ。

病棟の中央部分には吹き抜けがあり、そこには大きな窓ガラスが嵌められ、外を眺めると、上には空が、下には整備された中庭が、そして各棟の病室廊下が見えるようになっていた。夕方になると、その窓のあたりに、約束するでもなしに、私や年配の患者が集まり、夕日や雨を眺めつつ、ぽつりぽつりと話をするようになっていた。別の病棟の廊下をゆっくりと歩く患者を見つめながら、あの人はどんな手術をしたのだろう、いつ退院でしょうねなんて、少し話しては、それぞれが病室に戻った。

心臓リハビリで仲がよくなった七〇代の女性は、私に会うと決まって笑いかけてくれ、そして話をしたそうに側に来てくれた。だから私も、彼女に会ったら、必ず言葉を交わすようにしていた。彼女はひっきりなしに不安を訴えていた。いま、私たちはまるでかごの鳥のようにこの暖かで安全な病棟内にいるけれど、退院したら、一気に元の世界に戻らなければならないの。その意味ってわかる？　あなたも子どもさんが小さいからわかるでしょうけれど、家に戻ったら最後、また、あの日々がはじまる。家事、洗濯、夕飯のしたく。何十年もやってきたことだけれど、今からできる自信がないわ。もう戻りたくない。手術なんてしなければよかった。このままここで暮らしたい……。

どきりとした。わかる！　と思った。確かに、家に戻れば（当時）小学生だった息子たちが待っている。中学校への入学準備や、その他もろもろの大きな仕事が待っている。犬もいる。夫もいる。心臓の手術が終わり、これからようやくしっかりと生きていけると思った途端に、そのどうしても失いたくなかった世界に、命がけで手術をするほどこだわっていた世界に、あっという間に戻りたくなくなってしまった。こんな皮肉ってあるだろうか。確かにここにいれば、いつでも先生がいてくれる。看護師さんもいてくれる。病棟はきれいだし、ごはんも美味しいし、リハビリだってあるし、まるでホテルみたいだ。

こんな私の気持ちを知ってか知らずか、術後二週間を過ぎたあたりから、担当のK先生がひっきりなしに、「あれ？　もうお元気です？　退院されます？」と聞いてくるようになった。私はそのたびに慌てて「いやいや、もう少しいます！　いさせてください！」と頼み、外の世界に飛び出すことを恐れたまま、病室に閉じこもって、窓から見える、景色ばかりを見つめる時間を過ごしていた。

「退院おめでとう!」九〇日間の闘病を終え、車検を終えた車のように再び走り始めた話

安全が確保された病院での生活が気に入ってしまった私。そのうえ、同じ苦しみや苦労を分かち合う入院患者のみなさんと話をするようになり、余計に居心地がよくなってしまったせいで、退院するのが怖いような、面倒くさいような気持ちになってしまっていた。修学旅行が終わり、ようやく家族が待つ家に戻るときの、うれしいけれどなんとなく恥ずかしい、あの気持ち。友達と離れるのは嫌、でも家族のところに帰らないわけにはいかないし……の、あのざわついた感じ。いい年をしてそんな気持ちだった。

体調はみるみる回復し、病棟内をスタスタと自由自在に動きまわり、大学病院一階にあるタリーズコーヒーに通い詰めるまで元気になっていたものの、その絶好調も病

院内だからであって、段差も階段も遠慮なしに存在する外の世界で通用するとは思えなかった。そんな私を見る看護師さんたちは、「村井さん、またコーヒー?」と笑っていた。

タリーズコーヒーで飲み物片手に考えることは、私、本当に家に戻りたいのだろうか、それとも……? という疑問だった。人間とは本当にわがままな生きものだとしみじみ思ったが、一旦死にかけ、生きることに、家族の元に戻ることに強くこだわったというのに、命を助けられた途端に、謎の「人生のすべてを(ついでだから)やり直したい」というモードに入ってしまっていたのだ。「この機能する体を取り戻したいま、私がすべきことは?」という一点を考え、もしかしたらこのまま逃げ出したいかもしれないという、まさかの逃避モードにまで追い込まれた。このまま家に戻れば、また以前の生活に逆戻りだ。子どもたちはまだ小学生。それも双子で手がかかる。毎朝学校に行かせるだけでも一苦労なのに、これから先、中学に進学、そしてそして……ああっ!

「退院おめでとう！」九〇日間の闘病を終え、車検を終えた車のように再び走り始めた話

しかし大学病院の方は、元気だったら退院していいですよ？　早く出な？　というスタンスで、私に対しては、あとは消化試合のみという雰囲気が濃厚だった。最初、病院側から伝えられていた入院期間は三週間で、そろそろその三週間も終わりに近づく頃になると、とにかく、看護師さんがやってこないし、先生もやってこない。だって、元気なんだもの。時折ふらりとやってくる担当のK先生が、「退院前に食事管理について少し学んで帰ってもらいます。ほら、塩分制限とか血糖値とか、いろいろとありますし。まあ、車検に出したと思って、最後まで頑張ってください」と、次々と退院前のレクチャーの予約を入れてくる。当然なのだ、だって元気なんだから。私は仕方なく、しばらく暮らした個室の片付けをしたり、食生活の改善について学んだり、しばらく連絡できていなかった仕事関係先に退院の連絡をしたりと、徐々に外の世界へ戻る準備をスタートさせた。

一度気持ちが切り替わると不思議なもので、今度は外の世界になんとか順応すべく、対策を練る時間がうってつけの暇つぶしだった。この辺りから、仕事に対する熱意も戻り始め、遅れている様々な原稿のことが気になるという状況になった。自分でも、

なんて不思議な三週間だったのだろうと思わずにはいられなかった。一人でやってきて、大きな手術を受けて、このままで行けば私は目標通り、一人で元気に歩いて退院することができる。あれだけ具合が悪く、深刻な心不全と言われたのにもかかわらず、救急病棟に入院してから三か月で、手術やリハビリを終え、こうやって健康な体を取り戻し、まさに車検を終えた車のように、また走り始めるのだ。そうだ、私はまた、元の人生を走るんだと納得したあたりで、とうとう退院の日となった。

当日は、それまで三週間、私の部屋を掃除し続けてくれた職員の男性にお祝いのおまんじゅうを頂き、そして心臓リハビリで仲良くなった患者さんたちに簡単にお別れを告げた。泣きそうだったから、あっさりと済ませた。一緒にバイクを漕いだおじいさんも、リハビリがきっかけでとても仲良くなった女性も、すでに元気に退院していた。誰もがこうやって卒業していくんだなとしんみりした気持ちで、目標通り、私は荷物を段ボールに詰めて、一階にある事務所で帰り際に発送できるように準備した。自分はトートバッグだけで戻ることができるように、すぐにでも退院できるように。

「退院おめでとう！」九〇日間の闘病を終え、車検を終えた車のように再び走り始めた話

これからしばらく服用するための薬の到着と、会計の到着が済めばめでたく退院だ。入院してきたときに着ていた服を着ると、見事にブカブカになっていた。私がさらに一回りぐらい小さくなったからだった。そんなブカブカの服を着て、バッグをひとつだけ持った私がいる病室に主治医のK先生とA先生がやってきてくれた。A先生はいつもの通り、糊がビシッときいた白衣姿だった。「退院おめでとう」とにこやかに言うA先生。散々お世話になったK先生は、「それじゃあ、お元気で！　新刊、チェックしておきますから！」と笑って言ってくれた。A先生は病室から去る時に「これからは新しい人生を生きるんだよ」と言ってくれた。

私を担当してくれていた看護師さんが薬と会計の紙、それから「退院おめでとうございます！」と書かれた最後のスケジュール表を持ってきてくれた。私はそれを受け取ると、ナースステーションに挨拶をして、一人でエレベーターを降りて、会計を済ませ、病院を後にした。少し寒かったが、病院を出た途端に、大丈夫だ、生きていけると確信した。なにせ、外の世界でも体が軽い。息が苦しくない。歩くことができる、それもとても簡単に。しばらく自由に動く体で病院の入り口辺りを歩き、建物に別れ

を告げ、私はタクシーに乗って最寄り駅まで行った。

ちなみに王将には立ち寄ったが何も食べられず、勝利のトロフィーのような餃子はテイクアウトにしてもらい、家まで持ち帰った。自宅の最寄り駅につくと、息子たちがスケボー片手にむかえに来てくれていた。「戻ってきた」と思った。多くの人の助けを得て、私はようやく自分のいるべき場所に戻ってくることができたのだ。このうえなく穏やかな気持ちだった。

これが私の九〇日間に及ぶ闘病のすべてだ。

III

開胸手術を受けて回復した私の、それからの話

　私が僧帽弁閉鎖不全症の手術を受けてから、瞬く間に三年半が経過した。入院当時、手術について説明してくれた医師が、手術後はどんどん元気になりますよ、三年ぐらい経ったら本当に嘘みたいに回復しますからと力強く言ってくれたことを覚えている。そしてその言葉通り、今の私は、なんの不自由も苦しさもなく、健康に普通の生活を送ることができている。食事制限もないし、運動制限もない。服薬も最低限で済んでいる。あまりにも元気で、子どもたちは私が手術を受けたことすら忘れているかもしれない。自分自身も、うっかり忘れそうになるときがある。それほど、日常にはなんの支障もなく、大きなメンテナンスを終えた新しい心臓とともに、元気に暮らしている。

術後、ちょうど一年のその日、私は検診のために懐かしい大学病院に戻っていた。初めて病院に来た日は、階段を上ることすらできずに息も絶え絶えだったのに、手術を受けて一年後の私は別人のように元気に階段を上っていた。あまりのうれしさに、笑みを浮かべながら。そして懐かしい心臓血管外科の外来病棟に辿りつき、喜びがこみ上げた。ここにようやく戻って来ることができた、それも元気になって。気持ちが高揚している私を、よりいっそう喜ばせることが起きたのは、その直後だった。入院中に知り合った患者さんの一人、家に戻るのが、元の生活に戻るのがいやだと言っていた年配の女性と、ばったり再会したのだ。待合室のベンチに座っている彼女の姿を見つけて、思わず声をかけた。彼女は最初、少し不思議な顔で私を見たけれど、すぐに気づいたようだった。

「覚えていらっしゃいますか？　私です、心臓血管外科に入院していた……」と言うと、彼女はぱっと表情を明るくして、「もちろん覚えてる！　元気にしてた？　リハビリはどうだった？」と聞いてくれた。私は「もちろん元気にしていましたよ！　お母さんも元気そうで良かったです。一年前よりずいぶん顔色がいいですね。リハビリではお会いできなかったですけど、今日は会えてよかった」と私は答えた。彼女は、「ちょっと聞いて、私、実はあれから再入院しちゃったのよ」と、早速話を始めた。退院は無事にできたものの、数か月後に再び体調を崩し、病棟に舞い戻ったのだそうだ。「それは大変でしたねえ」と言う私に、彼女は「それでも元気だから大丈夫」と答えてくれ、私たちはそれからしばらく、ベンチに座って近況報告をしあった。

入院当初から、私はなぜか彼女をお母さんと呼んでいて、その時も躊躇《ちゅうちょ》することなくそう呼んだ。彼女のお見舞いに足繁く病棟まで通っていた娘さんは、たぶん三〇代後半だろうから、当時四〇代後半の私がお母さんと呼ぶなんて失礼な話なのだけれど、彼女は柔和で穏やかな表情をつねに湛えていて、まさに病棟の「お母さん」的な存在だったのだ。私は久しぶりのお母さんとの再会に、それも術後一年検診の、記念日とも言えるその日に彼女に会えたことを、心から喜んでいた。入院中は、娘さんに「なぜこんなになるまで何も言わなかったの」と責められて、悲しいと私に訴えていた彼女だった。「苦しいって言ったって、誰も助けてくれなかったのに」と涙を流していた。彼女の気持ちは手に取るようにわかった。私も同じ気持ちを抱いていたからだ。彼女に、「娘さんはお元気ですか」と聞くと、とても元気で一緒に楽しく暮らしているということだった。私も彼女に、あれからずっと、元気で暮らし、家族も全員元気ですと報告した。彼女は、よかったわねと笑顔だった。

しばらく会話していると、診察室に呼ばれた。また一年後に同じ場所で会いましょうと急いで約束して、私は診察室に入った。彼女は手を振りながら、笑顔で去って行った。

そのちょうど一年後にあたる二年目の検診の日、病院が混雑していて検査に時間がかかってしまったことで、診察予約時間を一時間ほどオーバーして外来に辿りついた。彼女の姿を探したものの、彼女はいなかった。診察が終わって三〇分ほど、本を読みつつ待っていたけれど、とうとう再会は叶わなかった。一年前に約束した時間から一時間も遅刻してしまったことを悔やんだけれど、きっと彼女も私のことを気にしてくれていたに違いないと思う。どうか元気で暮らしていてほしい。もしかしたら、あの人、元気かなと考えてくれているのかもしれない。だから、奇跡が起きて、彼女にこの文章が届くといいなと思いつつ書いている。

開胸手術を受けて回復した私の、それからの話

突然の入院、手術、そして退院以来、彼女のように、私の心に残っている人は多くいる。まずは心不全になってしまった私を治療してくれた主治医や看護師のみなさん。手術のため転院した大学病院で出会った外科医のみなさん、看護師のみなさん、そして同じ病棟の患者さんたち。突然の入院、そして手術という怒濤のような日々のなかで出会った人たちのことは、今でもはっきりと記憶し、そして感謝している。特に、あの空間で同じ苦しみを分かちあっていた患者のみなさんが、今もそれぞれ元気に暮らしてくれていることを心から願っている。

出会いはこれだけではない。術後、その体験を様々な媒体に書くことで、同じ僧帽弁閉鎖不全症といった弁膜症を患う人たち、手術を控えた人たち、そして私のように、先天性の心疾患を持って生まれ、今までに何度か心臓手術を経験した人たちとの交流が驚くほど増えた。これは、とてもありがたいことだった。術後は、いくら体調が回復しても、心臓手術を受けることで得た精神的ダメージは計り知れず、気分的な落ち込みが激しいのが普通だ。もし手術が間に合っていなかったら、もしあそこで命を落

としていたら……その、「もし」という考えで頭がいっぱいになって、不安に苛まれたとき、同じ苦しみを共有する患者のみなさんの言葉がどれだけ助けになったかわからない。不思議なもので、年齢や性別の差などあまり関係ない。もちろん、すべての人が完全に同じ思いを抱いているわけではないけれど、全員に共通しているのは、同じ経験をした他者に対する思いやりの心を常に持っているということだ。他者の回復を、他者の手術の成功を、心から喜ぶことができるのは、自分が経験者であるからに他ならない。その深い思いやりや優しさには、感謝してもしきれない。

多くの患者に出会うことで、それまで見過ごしてきてしまった当然の事実を再認識したのも私の人生にとっては大きな宝となった。それは、「痛みや苦しみは人それぞれ」ということ。同じ疾患であっても、同じ手術であっても、その人の痛みは単純なものではなく、様々な要素から成り立っている複雑なものであるということ。苦しみの種類は、同じ手術であっても、全く違う可能性があるということ。回復のスピードは一定ではなく、その人なりの過程があるということ。こういったことは、見過ごされがちだけれど、とても重要なのだと教えられた気がしている。だから、何の疾患であっても、それを乗り越えた人に対しては、以前とはまったく違った心境で向かい合うことができるようになった。これは自分にとっては大きな変化だと感じている。それも、とても良い変化になってくれたと思う。手術を受けた恩恵のひとつと言えるかもしれない。

大きく変わったことがほかにもある。食生活を改善したことだ。医師からは、塩分制限もあまり気にしなくていいと言われているし、お酒も飲んでも大丈夫ですよとは言ってもらえたが、術後、めったなことでは飲まなくなったし、食事もシンプルで塩分の少ないものを食べるようにしている。夫がよく飲むタイプなので、常に家にはアルコールが置いてある状態だが、私はあまり飲みたいとも思わなくなった。以前の私の飲み方を知っている人からしたら、驚きの変化だと思う。私自身も驚いている。一番驚いているのは夫だ。自分でも、絶対にやめることができないだろうと予想していたお酒をやめて三年半で、その間に飲んだのは、編集者と数回だけ。これは私にとってはすごいことで、ようやく「楽しく飲める」フェーズに入ることができたのではと大喜びしている。以前の私は、とくに術前の私は、「眠るために飲む」、「苦しさを忘れるために飲む」という、最も悪いパターンでの飲酒が多かった。自分でも薄々と、私はこのまま飲み続けて歳をとって、飲酒が原因で病気になるのではと恐れていた。恐れるべきところは別にあったというどんでん返しはあったが、しかし、飲酒から離れることができたのは、私にとって最も大きなどんでん返しだった。私の人生を変えた要素のひとつだと思っている。

そしてさらに大きく変わったこと、それは睡眠に対する意識だ。術前はとにかく不眠の傾向が強く、体調を崩し始めてからは息苦しさもあって、ほとんど横になって眠ることができない日々が続いていた。しかし術後、病院でしっかり眠ることをほぼ義務づけられた生活で実感した体調の良さ、特にメンタル面への影響の大きさが私の意識を変えてくれた。なにはなくとも、とにかく睡眠だ。だから、それまで使っていたベッドはあっさりと捨てて、ついでに寝具もすべて新しい物に買い換えて、睡眠時間を死守するように生活を変えた。不眠は完全に治っていないため、心療内科から必要なだけの睡眠導入剤も処方していただいている。眠ることができない日は、頑張らずに薬の力を借りて、ぐっすりと眠る。二日酔いもなく、体力が十分戻った状態で起きるときの気分の良さ。そして、その日一日の気分の軽さ。この変化にすっかり魅了されてしまっている。ちなみに、仕事などで無理をして、徐々に睡眠時間が減った時期があって、そういう時期には必ず、少しだけではあるが、不整脈が起きる。術後は自分の心臓の動きにとても敏感になったので……というか、まさに運命共同体のような状態になっているので、変化にはすぐに気づく。心臓は私の親友的な意識まであるので、変化は見逃さないという気合いが入っている。わずかな変調で改めて睡眠の大切さに納得する。だから私は遠慮なしに寝る。寝たくなったらすぐに寝る。子どもが腹を空かせようと、必要な時は寝る。

私の大きな変化はもうひとつある。これはちょっと独特かもしれないが、軽さにこだわるようになった。それも、かなりこだわっている。自分の体の負担になる、心臓の負担になるであろう重さを極力減らすのなら、体重を減らせばいいじゃないのという話ではあるのだが、もちろんそちらも鋭意努力中だが、とにかく、衣類、靴、バッグなどの日用品の軽さが日々の暮らしの快適さを生み出すと気づいてしまったのだ。衣類に関しては、軽くて洗いやすくて、小さく畳むことができるものを好んで選ぶよ

うになった。気に入るものを見つけたら、いくつか色違いを揃えておく。靴下も下着も、洗いやすくて品質が良くて、軽いものには目がない。靴も、ほとんどすべて買い換えたと思う。皮のブーツは一体どこへ消えたのか。とにかく、私の靴箱には、軽いスニーカーしか置かれていない。軽いスニーカーの中でも特に軽い、水陸両用の靴はとても気に入り、色違いで何足も揃えてしまった。バッグも、それまでは好きで色々買っていたが、今は軽量のバックパックをメインで使っている。あるいは、薄いサコッシュに本当に必要なものだけ入れて行動している。最近は現金を持つことすら重いと考えはじめて、カードと携帯電話ですべて賄っている。心臓の手術をして心臓は治ったものの、別の不思議な症状が始まったように感じられるけれど、とにかく快適なんだから仕方がない。

術後、大きく変わったのは体調や精神面、暮らしのあり方だけではなかった。大げさに書けば、生と死についての受け止め方も以前とはまったく違う考えに辿りついた。それは、術後一年と半年のときに突然知らされた、兄の死にも大きく関係している。兄は私と同じように、心臓を患い、そのうえ重度の糖尿病、高血圧で投薬治療を受けながらも荒れた生活を送り、住んでいたアパートで命を落とした。亡き兄の遺体を荼毘《だび》に付すため、急いで向かった東北の地で、私は兄の死と、彼が残した多くの荷物に直面し、死とはここまで突然にやってくるものなのだと啞然とするしかなかった。たった数日前まで生きていた兄の痕跡が生々しく残る部屋で、住む人を失った空間だけが息をしているようだった。それまで兄が生きてきた長い時間の経過など一切考慮されることもなく、こうやってプツリと途絶える。喜びも悲しみも経験した、輝いていただろう日々が突然消え去って行く。危うく命を落としかけた兄妹である私たちの間に、一体何の差があったというのか。兄の部屋の汚れたビニールソファに座り、そんなことを考え続けた。結局私は、そこには何の差もなかったのだと気がついた。私と兄の間には、何も違いはない。私が兄のように孤独に死ぬことも、兄が私のように九死に一生を得ることも、当然あっただろう。これだけ気まぐれに死はやってくる。誰の身にも、必ず。

兄の汚れきったアパートを一か月もかけて片付け、兄を荼毘に付した私が最初にやったことは、自分の身の回りの整理だった。術後、退院してすぐに相当量の私物を処分したにもかかわらず、それでも足りずに、私物の量を極限まで減らしてしまった。減らした上で、どうしても必要なものは新しいものに、それもコンパクトで機能性の高いものにひとつひとつ買い換えていった。それは、何度も買わなくていいように、そして術後の筋力低下をカバーするための私なりのやり方だったが、一方で、私の頭の隅には常に、いつ死んでもいいようにという考えがこびりついて離れなかった。いつ死んでも誰かが困らないように、できるだけコンパクトに生活をまとめておこうといった気持ちと言えるだろうか。

そして兄の死と同じほど、私にとっては大きな出来事があった。私が入院中も退院後も大いに私を励ましてくれていた大切な友人が突然この世を去ったのだ。彼女とは子どもが保育園に通い出した頃からの長いつきあいで、お互い住む家も近く、頻繁に会い、立ち話をし、定期的にランチを共にする間柄だった。子ども同士が同級生なのもあって、私はリーダーシップのある彼女にとても頼っていた。スポーツが誰よりも得意で、サッカーが大好き。いつも明るく、楽しく、誰よりも健康だった彼女が突然倒れたと連絡を受けた時は、信じることができなかった。彼女と一緒に年を取り、子どもを送り出したら、もっと自由に会うことだってできるはずだ、他の友人を誘って、旅行に行ってもいいかもしれない、そんなことを考えていた矢先だった。最後に彼女を見かけたのは亡くなる数日前のスーパーで、夕方、彼女は急いで袋に食料品を詰めていた。フルタイムで働いていた彼女はきっと、職場から急いで戻って、スーパーに立ち寄ったのだろう。エスカレーターで二階に向かっていた私は目ざとく彼女の姿を見つけて、大声で名前を呼んだ。急いでいた彼女は私の声に気づかず、そのまま早足で出口に向かって行った。元気な彼女を見たのはそれが最後だ。

彼女のことを思い出すたびに、私は自分に言い聞かせる。生と死はすぐ隣り合わせにあって、いつ私のところに来るかわからないということ。あれだけ真面目に、一生懸命生きていた人にも、そして私にも、平等に死は訪れる。その日まで、後悔することがないように大事に一日を生きなければならないと、何度でも自分に言い聞かせる。大切な人がいなくなってしまった悲しみは、簡単に癒えることはないと思い知らされたからだ。

手術を経験して私は、ずいぶんわがままになったと思う。それまで我慢に我慢を重ねて育児に仕事に頑張ってきたが、それを半強制的にストップせざるを得ない状況になり、一旦足を止めてみたら、自分がどれだけ無理をしていたかに気づいた。そして、私は一体なにを勘違いしていたのだろうと腹が立った。私が一番大事にし、ケアしなければならないのは自分自身だったというのに、それを怠っていたのだ。そしてぎりぎりの状況まで自分を追いつめてしまった。なんと愚かだったのだろうと後悔した。このような後悔はもう二度としたくない。だから、心臓手術を経験してからの私は、何に関しても、まずは自分のことを優先させる練習を重ねた。自分を優先させて、体を休めることは、悪いことではない。その点を自分自身に叩き込むのには、しばらく時間がかかった。子どものこと、家族のことも大事だが、それよりも自分が大事だ。そのわかりきった答えをあえて見ないようにして生きていくのは、もう無理だし、そんな人生はもう終わりにしたい。だから、私は今、とても自分を大事にして、自分を中心にしてものごとを考えるようにしている。その中には、必要な検診は受ける、その他、体の不調を放置しないというルールも含まれる。

よく、体の声を聞き逃さないことが大事と言われるが、確かに体の声はある。ときどき、その声は徐々に大きくなって、どんどん追いつめられてしまうときがある。そして、あろうことか私たちはその声を聞きたくないと、両耳を塞いでしまうことだってある。もしかしたら、そんなことが多いのかもしれない。でも、それはあまりお勧めできないと、私は思う。体の声を聞こえなかったふりをして耳を塞ぎ続けたあげく、緊急入院になってしまい、そのうえ手術をした私が言うんだから、たぶん、間違いはないと思う。自分の体は自分の味方だから、「ちょっと！　具合悪いんじゃないの?」といった声が万が一あなたの耳に届いたら、素直に聞いて、検診を受けよう。それは本当に大切なことだと思う。健康を失ってはじめて気づくことは山ほどある。いま、とても健康で元気に暮らしている人は、本当に幸せだと思う。その健康をずっとずっと維持してくれますように。

家族のために頑張っている皆さんに、伝えたいことがある。どうしたって、自分のことよりも家族のことを優先させてしまう生活が続いているだろう。自分が犠牲になって、努力することで彼らが幸せになると考えている人もいるだろう。それは間違いではないけれど、最も大事なのは、あなたが健康で、明るく暮らしていることなのではないかと私は思う。家族にとっての幸せはきっと、あなたがそこにずっといること、それで十分なのではないか。だからこそ、様々な雑事に追われる日々だとは思うけれど、必要な検診には必ず出かけてほしい。何か気になることがあったら、かかりつけの医師に相談することを躊躇しないでほしい。自分の中の何かが危険信号を出したら、それを見ないふりせずに、必ず誰かに相談してほしい。私自身はそんなことのすべてを先延ばししてしまっていた。手術から三年半経過した今、昔の自分に伝えたいのは、健康な生活は何より価値があるということ。何をおいてでも、一番優先して考えなければならないことなのだ。

つらつらと書いたけれど、とにかく私は大いに回復して、とても元気に暮らしている。かかりつけの医師からは、「ほとんど普通の人ですね」と言われている。普通の人と言われて感激するなんて、こういう機会でしかないので、大切な言葉として胸にしまい込んでいる。医療従事者のみなさんには、心からの感謝しかない。

退院の日、主治医のA先生が病室にやってきて、こう言ってくれた。

開胸手術を受けて回復した私の、それからの話

「君はいままですべてを我慢し、苦しい生活をしてきたのだと思う。でも、もう大丈夫だから。これからは仕事も、遊びも、大いに頑張って、積極的に生きていってほしい。しっかりと暮らすんだよ」

私はこのA先生の言葉を忘れないようにしつつ、しっかりと暮らし、しっかりと生きていると思う。ここに辿りつくまでには、山ほど大変なこともあったし、もうダメだと思うような事件が発生したりもしたけれど、結局、私は心臓手術を二度も乗り越えた女なのだと自分に言い聞かせることで、どんな困難も、えいやとなぎ倒して生きてきた。生涯で心臓手術を二回も受けるなんて、普通に考えたらあまりにもアンラッキーな状況ではあるけれど、しかし、二回も生還するなんて、普通じゃないほどしぶとい人間とも言えるのではないか。二度も命を助けられた私は、もしかしたら強運の持ち主なのかもしれない、いやそうなのだと今は信じて生きている。

村井理子

村井理子（むらい・りこ）

翻訳者、エッセイスト。一九七〇年静岡県生まれ。琵琶湖のほとりで夫、双子の息子、愛犬ハリーと暮らす。著書に『犬（きみ）がいるから』『犬ニモマケズ』『ハリー、大きな幸せ』（亜紀書房）、『兄の終い』『全員悪人』（CCCメディアハウス）、『村井さんちの生活』（新潮社）、ほか。訳書に『ゼロからトースターを作ってみた結果』『人間をお休みしてヤギになってみた結果』（共にトーマス・トウェイツ著、新潮社）、『ダメ女たちの人生を変えた奇跡の料理教室』（キャスリーン・フリン著、きこ書房）、『メイドの手帖』（ステファニー・ランド著、双葉社）、『黄金州の殺人鬼』（ミシェル・マクナマラ著、亜紀書房）、『捕食者』（モーリーン・キャラハン著、亜紀書房）、『エデュケーション』（タラ・ウェストーバー著、早川書房）ほか多数。

更《こう》年《ねん》期《き》障《しょう》害《がい》だと思《おも》ってたら
重病《じゅうびょう》だった話《はなし》

二〇二一年九月一〇日　初版発行

著　者　村井《むらい》理子《りこ》
発行者　松田陽三
発行所　中央公論新社
〒一〇〇-八一五二
東京都千代田区大手町一-七-一
電話　〇三-五二九九-一七三〇（販売）
〇三-五二九九-一七四〇（編集）
URL http://www.chuko.co.jp/

D T P　市川真樹子
印　刷　大日本印刷
製　本　小泉製本

Published by CHUOKORON-SHINSHA, INC.
Printed in Japan　ISBN978-4-12-005461-7 C0095
定価はカバーに表示してあります。
落丁本・乱丁本はお手数ですが小社販売部宛にお送り下さい。
送料小社負担にてお取り替えいたします。

村井理子 訳書

ローラ・ブッシュ自伝
脚光の舞台裏
ローラ・ブッシュ 著

稀有の人気を博したファーストレディが熾烈な選挙戦の舞台裏、9・11当日の緊迫、心に秘めた感情をも果敢に綴る全米ベストセラー！ 鋭いまなざしとユーモアが光るリアリティ溢れる真摯なメモワール。

中央公論新社